Рассказы для детей
Stories for Children
Даниил Хармс
Daniil Kharms

Рассказы для детей
Copyright © JiaHu Books 2014
First Published in Great Britain in 2014 by Jiahu Books – part of
Richardson-Prachai Solutions Ltd, 34 Egerton Gate, Milton Keynes,
MK5 7HH
ISBN: 978-1-78435-052-9
A CIP catalogue record for this book is available from the British
Library
Visit us at: jiahubooks.co.uk

«Однажды лев, слон, жирафа...»

I

Однажды лев, слон, жирафа, олень, страус, лось, дикая лошадь и собака поспорили, кто из них быстрее всех бегает.

Спорили, спорили и чуть было не подрались.

Услыхал Гриша Апельсинов, что звери спорят, и говорит им:

— Эх вы, глупые звери! Зря вы спорите! Вы лучше устройте состязание. Кто первый вокруг озера обежит, тот, значит, и бегает быстрее всех.

Звери согласились, только страус сказал, что он не умеет вокруг озера бегать.

— Ну и не бегай, — сказал ему лось.

— А вот побегу! — сказал страус.

— Ну и беги! — сказала жирафа.

Звери выстроились в ряд, Гриша Апельсинов махнул флагом, и звери побежали.

II

Лев несколько скачков сделал, устал и пошел под пальмами отдохнуть.

Остальные звери дальше бегут. Впереди всех страус несется, а за ним лось и жирафа.

Вот страус испугался, чтобы его жирафа и лось не обогнали, повернул к ним голову и крикнул:

— Эй, слушайте! Давайте из озера всю воду выпьем! Все звери вокруг озера побегут, а мы прямо по сухому дну поперек побежим и раньше всех прибежим!

— А ведь верно! — сказали лось и жирафа, остановились и начали из озера воду пить.

А страус подумал про себя:

— Вот дураки! Пускай они воду пьют, а я дальше побегу.

И страус побежал дальше, да только забыл голову повернуть и, вместо того чтобы вперед бежать, побежал обратно.

III

А лось и жирафа пили, пили, пили, пили, наконец жирафа говорит:

— Я больше не могу.

И лось говорит:

— Я тоже больше не могу.

Побежали они дальше, да уж быстро бежать не могут. Так их от воды раздуло.

А слон увидал это и ну смеяться!

Стоит и смеётся! Стоит и смеётся!

А собаку по дороге блохи заели. Села она и давай чесаться! Сидит и чешется! Сидит и чешется!

Так что первыми олень и дикая лошадь прибежали.

IV

А слон-то все стоит и смеётся, стоит и смеётся!

V

А собака-то все сидит и чешется, сидит и чешется!

VI

А жирафа-то все бежит!

VII

А слон-то все смеётся!

VIII

А собака-то все чешется!

1930-е

Сказка

— Вот, — сказал Ваня, кладя на стол тетрадку, — давай писать сказку.

— Давай, — сказала Леночка, садясь на стул.

Ваня взял карандаш и написал:

«Жил-был король…»

Тут Ваня задумался и поднял глаза к потолку. Леночка заглянула в тетрадку и прочла, что написал Ваня.

— Такая сказка уже есть, — сказала Леночка.

— А почем ты знаешь? — спросил Ваня.

— Знаю, потому что читала, — сказала Леночка.

— О чем же там говорится? — спросил Ваня.

— Ну, о том, как король пил чай с яблоками и вдруг подавился, а королева стала бить его по спине, чтобы кусок яблока выскочил из горла обратно. А король подумал, что королева дерется, и ударил её стаканом по голове. Тут королева рассердилась и ударила короля тарелкой. А король ударил королеву миской. А королева ударила короля стулом. А король вскочил и ударил королеву столом. А королева повалила на короля буфет. Но король вылез из-под буфета и пустил в королеву короной. Тогда королева схватила короля за волосы и выбросила его в окошко. Но король влез обратно в комнату через другое окно, схватил королеву и запихал её в печку. Но королева вылезла через трубу на крышу, потом спустилась по громоотводу в сад и через окно вернулась обратно в комнату. А король в это время растапливал печку, чтобы сжечь королеву. Королева подкралась сзади и толкнула короля. Король полетел в печку и там сгорел. Вот и вся сказка, — сказала Леночка.

— Очень глупая сказка, — сказал Ваня. — Я хотел написать совсем другую.

— Ну, пиши, — сказала Леночка.

Ваня взял карандаш и написал:

«Жил-был разбойник...»

— Подожди! — крикнула Леночка. — Такая сказка уже есть!

— Я не знал, — сказал Ваня.

— Ну, как же, — сказала Леночка, — разве ты не знаешь о том, как один разбойник, спасаясь от стражи, вскочил на лошадь, да с размаху перевалился на другую сторону и упал на землю. Разбойник выругался и опять вскочил на лошадь, но снова не рассчитал прыжка, перевалился на другую сторону и упал на землю. Разбойник поднялся, погрозил кулаком, прыгнул на лошадь и опять перемахнул через неё и полетел на землю. Тут разбойник выхватил из-за пояса пистолет, выстрелил из него в воздух и опять прыгнул на лошадь, но с такой силой, что опять перемахнул через неё и шлёпнулся на землю. Тогда разбойник сорвал с головы шапку, растоптал её ногами и опять прыгнул на лошадь, и опять перемахнул через неё, шлепнулся на землю и сломал себе ногу. А лошадь отошла в сторону. Разбойник, прихрамывая, подбежал к лошади и ударил её кулаком по лбу. Лошадь убежала. В это время прискакали стражники, схватили разбойника и отвели его в тюрьму.

— Ну, значит, о разбойнике я писать не буду, — сказал Ваня.

— А о ком же будешь? — спросила Леночка.

— Я напишу сказку о кузнеце, — сказал Ваня.

Ваня написал:

«Жил-был кузнец...»

— Такая сказка тоже есть! — закричала Леночка.

— Ну? — сказал Ваня и положил карандаш.

— Как же, — сказала Леночка. — Жил-был кузнец. Вот однажды ковал он подкову и так взмахнул молотком, что молоток сорвался с рукоятки, вылетел в окно, убил четырёх голубей, ударился о пожарную каланчу, отлетел в сторону, разбил окно в доме брандмейстера, пролетел над столом, за которым сидели сам брандмейстер и его жена, проломил стену в доме брандмейстера и вылетел на улицу.

Он опрокинул на землю фонарный столб, сшиб с ног мороженщика и стукнул по голове Карла Ивановича Шустерлинга, который на минуточку снял шляпу, чтобы проветрить свой затылок. Ударившись об голову Карла Ивановича Шустерлинга, молоток полетел обратно, опять сшиб с ног мороженщика, сбросил с крыши двух дерущихся котов, перевернул корову, убил четырех воробьев и опять влетел в кузницу, и прямо сел на свою рукоятку, которую кузнец продолжал ещё держать в правой руке. Все это произошло так быстро, что кузнец ничего не заметил и продолжал дальше ковать подкову.

— Ну, значит, о кузнеце уже написана сказка, тогда я напишу сказку о себе самом, — сказал Ваня и написал: «Жил-был мальчик Ваня...»

— Про Ваню тоже сказка есть, — сказала Леночка. — Жил-был мальчик Ваня, и вот однажды подошел он к...

— Подожди, — сказал Ваня, — я хотел написать сказку про самого себя.

— И про тебя уже сказка написана, — сказала Леночка.

— Не может быть! — сказал Ваня.

— А я тебе говорю, что написана, — сказала Леночка.

— Да где же написана? — удивился Ваня.

— А вот купи журнал «Чиж» номер семь и там ты прочтешь сказку про самого себя, — сказала Леночка.

Ваня купил «Чижа» N 7 и прочитал вот эту самую сказку, которую только что прочитал ты.

1935

Двенадцать поваров

Я говорю, что на этой странице нарисовано двенадцать поваров. А мне говорят, что тут только один повар, а остальные не повара. Но если остальные не повара, то кто же они?

Семь кошек

Вот так история! Не знаю, что делать. Я совершенно запутался. Ничего разобрать не могу. Посудите сами: поступил я сторожем на кошачью выставку.

Выдали мне кожаные перчатки, чтобы кошки меня за пальцы не цапали, и велели кошек по клеткам рассаживать и на каждой клетке надписывать — как которую кошку зовут.

— Хорошо, — говорю я, — а только как зовут этих кошек?

— А вот, — говорят, — кошку, которая слева, зовут Машка, рядом с ней сидит Пронька, потом Бубенчик, а эта Чурка, а эта Мурка, а эта Бурка, а эта Штукатурка.

Вот остался я один с кошками и думаю: «Выкурю-ка я сначала трубочку, а уж потом рассажу этих кошек по клеткам».

Вот курю я трубочку и на кошек смотрю.

Одна лапкой мордочку моет, другая на потолок смотрит, третья по комнате гуляет, четвертая кричит страшным голосом, ещё две кошки друг на друга шипят, а одна подошла ко мне и меня за ногу укусила.

Я вскочил, даже трубку уронил.

— Вот, — кричу, — противная кошка! Ты даже и на кошку не похожа. Пронька ты или Чурка, или, может быть, ты Штукатурка?

Тут вдруг я понял, что я всех кошек перепутал. Которую как зовут — совершенно не знаю.

— Эй, — кричу, — Машка! Пронька! Бубенчик! Чурка! Мурка! Бурка! Штукатурка!

А кошки на меня ни малейшего внимания не обращают.

Я им крикнул:

— Кис-кис-кис!

Тут все кошки зараз ко мне свои головы повернули.

Что тут делать?

Вот кошки забрались на подоконник, повернулись ко мне спиной и давай в окно смотреть.

Вот они все тут сидят, а которая тут Штукатурка и

которая тут Бубенчик?

Ничего я разобрать не могу.

Я думаю так, что только очень умный человек сумеет отгадать, как какую кошку зовут.

Посмотри на эту картинку и скажи: которая кошка Машка, которая Пронька, которая Бубенчик, которая Чурка, которая Мурка, которая Бурка и которая Штукатурка.

1935

Во-первых и во-вторых

ВО-ПЕРВЫХ, запел я песенку и пошел.

ВО-ВТОРЫХ, подходит ко мне Петька и говорит: «Я с тобой пойду». И мы оба пошли, напевая песенки.

В-ТРЕТЬИХ, идем мы и смотрим — стоит на дороге человек, ростом с ведерко.

«Ты кто такой?» — спросили мы его. — «Я самый маленький человек в мире». — «Пойдем с нами». — «Пойдем».

Пошли мы дальше, но маленький человек не может за нами угнаться. Бегом бежит, а все-таки отстает. Тогда мы его взяли за руки. Петька за правую, я за левую. Маленький человек повис у нас на руках, едва ногами земли касается. Пошли мы так дальше. Идем все трое и песенки насвистываем.

В-ЧЕТВЕРТЫХ, идем мы и смотрим — лежит возле дороги человек, голову на пенек положил, а сам такой длины, что не видать, где ноги кончаются Подошли мы к нему поближе, а он как вскочит на ноги, да как стукнет кулаком по пеньку, так пенек в землю и ушёл. А длинный человек посмотрел вокруг, увидел нас и говорит: «Вы, — говорит, — кто такие, что мой сон потревожили?» — «Мы, — говорим мы, — веселые ребята. Хочешь, с нами пойдем?» — «Хорошо», — говорит длинный человек да как шагнет сразу метров на двадцать. «Эй, — кричит ему маленький человек. — Обожди нас немного!» Схватили мы маленького человека и побежали к длинному. «Нет, — говорим мы, — так нельзя, ты маленькими шагами ходи».

Пошёл длинный человек маленькими шагами, да что толку? Десять шагов сделает и из вида пропадет. «Тогда, — говорим мы, — пусть маленький человек тебе на плечо сядет, а нас ты под мышки возьми». Посадил длинный человек маленького себе на плечо, а нас под мышки взял и пошёл. «Тебе удобно?» — говорю я Петьке. «Удобно, а тебе?» — «Мне тоже удобно», — говорю я. И засвистели мы веселые песенки. И длинный человек идет и песенки насвистывает, и маленький человек у него на плече сидит и тоже свистит-заливается.

В-ПЯТЫХ, идём мы и смотрим — стоит поперек нашего пути осёл. Обрадовались мы и решили на осле ехать. Первым попробовал длинный человек. Перекинул он ногу через осла, а осел ему ниже колена приходится. Только хотел длинный человек на осла сесть, а осёл взял да и пошёл, и длинный человек со всего размаху на землю сел. Попробовали мы маленького человека на осла посадить. Но только осел несколько шагов сделал — маленький человек не удержался и свалился на землю. Потом встал и говорит: «Пусть длинный человек меня опять на плече понесет, а ты с Петькой на осле поезжай». Сели мы, как маленький человек сказал, и поехали. И всем хорошо. И все мы песни насвистываем.

В-ШЕСТЫХ, приехали мы к большому озеру. Глядим, у берега лодка стоит. «Что ж, поедем на лодке?» — говорит Петька. Я с Петькой хорошо в лодке уселся, а вот длинного человека с трудом усадили. Согнулся он весь, сжался, коленки к самому подбородку поднял.

Маленький человек где-то под скамейкой сел, а вот ослу места-то и не осталось. Если бы ещё длинного человека в лодку не сажать, тогда можно было бы и осла посадить. А вдвоём не помещаются. «Вот что, — говорит маленький человек, — ты, длинный, вброд иди, а мы осла в лодку посадим и поедем». Посадили мы осла в лодку, а длинный человек вброд пошёл, да ещё нашу лодку на веревочке потащил. Осел сидит, пошевельнуться боится — верно, первый раз в лодку попал. А остальным хорошо. Едем мы по озеру, песни свистим. Длинный человек тащит нашу лодку и тоже песни поет.

В-СЕДЬМЫХ, вышли мы на другой берег, смотрим — стоит автомобиль. «Что ж это такое может быть?» — говорит длинный человек. — «Что это?» — говорит маленький человек. — «Это, — говорю я, — автомобиль». — «Это машина, на которой мы сейчас и поедем», — говорит Петька. Стали мы в автомобиле рассаживаться. Я и Петька у руля сели, маленького человека спереди на фонарь посадили, а вот длинного человека, осла и лодку никак в автомобиле не разместить. Положили мы лодку в автомобиль, в лодку осла поставили — и все бы хорошо, да длинному человеку места нет. Посадили мы в автомобиль осла и длинного человека — лодку некуда поставить.

Мы совсем растерялись, не знали, что и делать, да маленький человек совет подал: «Пусть, — говорит, — длинный человек в автомобиль сядет, а осла к себе на колени положит, а лодку руками над головой поднимет». Посадили мы длинного человека в автомобиль, на колени к нему осла положили, а в руки дали лодку держать. «Не тяжело?» — спросил его маленький человек. — «Нет, ничего», — говорит длинный. Я пустил мотор в ход, и мы поехали. Всем хорошо, только маленькому человеку впереди на фонаре сидеть неудобно, кувыркает его от тряски, как ваньку-встаньку. А остальным ничего. Едем мы и песни насвистываем.

В-ВОСЬМЫХ, приехали мы в какой-то город. Поехали по улицам. На нас народ смотрит, пальцами показывает: «Это что, — говорит, — в автомобиле дубина какая сидит, себе на колени осла посадил и лодку руками над головой держит. Ха! ха! ха! А впереди-то какой на фонаре сидит. Ростом с ведерко! Вон его как от тряски-то кувыркает! Ха! ха! ха!» А мы подъехали прямо к гостинице, лодку на землю положили, автомобиль поставили под навес, осла к дереву привязали и зовем хозяина. Вышел к нам хозяин и говорит: «Что вам угодно?» — «Да вот, — говорим мы ему, — переночевать нельзя ли у вас?» — «Можно», — говорит хозяин и повел нас в комнату с четырьмя кроватями. Я и Петька легли, а вот длинному человеку и маленькому никак не лечь. Длинному все кровати коротки, а маленькому не на что голову положить. Подушка выше его самого, и он мог только стоя к подушке прислониться. Но так как мы все очень устали, то легли кое-как и заснули. Длинный человек просто на полу лег, а маленький на подушку весь залез, да так и заснул.

В-ДЕВЯТЫХ, проснулись мы утром и решили дальше путь продолжать. Тут вдруг маленький человек и говорит: «Знаете что? Довольно нам с этой лодкой и автомобилем таскаться. Пойдемте лучше пешком». — «Пешком я не пойду, — сказал длинный человек, — пешком скоро устанешь». — «Это ты-то, такая детина, устанешь?» — засмеялся маленький человек. — «Конечно, устану, — сказал длинный, — вот бы мне какую-нибудь лошадь по себе найти». — «Какая же тебе лошадь годится? — вмешался Петька. — Тебе не лошадь, а слона нужно». — «Ну, здесь-то слона не достанешь, — сказал я, — здесь не Африка». Только это я сказал, вдруг слышим на улице лай, шум и крики. Посмотрели в окно, глядим — ведут по улице слона, а за ним народ валит. У самых слоновьих ног бежит маленькая собачонка и лает во всю мочь, а слон идет спокойно, ни на кого внимания не обращает. «Вот, — говорит маленький человек длинному, — вот тебе и слон как раз. Садись и поезжай». — «А ты на собачку садись. Как раз по твоему росту», — сказал длинный человек. — «Верно, — говорю я, — длинный на слоне поедет, маленький на собачке, а я с Петькой на осле». И побежали мы на улицу.

В-ДЕСЯТЫХ, выбежали мы на улицу. Я с Петькой на осла сел, маленький человек у ворот остался, а длинный за слоном побежал. Добежал он до слона, вскочил на него и к нам повернул. А собачка от слона не отстает, лает и тоже к нам бежит. Только до ворот добежала, тут маленький человек наловчился и прыгнул на собаку. Так мы все и поехали. Впереди длинный человек на слоне, за ним я с Петькой на осле, а сзади маленький человек на собачке. И всем нам хорошо, и все мы песенки насвистываем.

Выехали мы из города и поехали, а куда приехали и что с нами там приключилось, об этом мы вам в следующий раз расскажем.   *1928*

О том, как старушка чернила покупала

На Кособокой улице, в доме N 17, жила одна старушка. Когда-то жила она вместе со своим мужем, и был у неё сын. Но сын вырос большой и уехал, а муж умер, и старушка осталась одна.

Жила она тихо и мирно, чаёк попивала, сыну письма посылала, а больше ничего не делала.

Люди же говорили про старушку, что она с луны свалилась.

Выйдет старушка другой раз летом на двор, посмотрит вокруг и скажет:

— Ах ты, батюшки, куда же это снег делся?

А соседи засмеются и кричат ей:

— Ну, виданное ли дело, чтобы снег летом на земле лежал? Ты что, бабка, с луны свалилась, что ли?

Или пойдет старушка в керосиновую лавку и спросит:

— Почем у вас французские булки?

Приказчики смеются:

— Да что вы, гражданка, откуда ж у нас французские булки? С луны вы, что ли, свалились?

Ведь вот какая была старушка!

Была раз погода хорошая, солнечная, на небе ни облачка. На Кособокой улице пыль поднялась. Вышли дворники улицу поливать из брезентовых кишок с медными наконечниками. Льют они воду прямо в пыль, сквозь, навылет. Пыль с водой вместе на землю летит. Вот уже лошади по лужам бегут, и ветер без пыли летит пустой.

Из ворот 17-го дома вышла старушка. В руках у неё зонтик с большой блестящей ручкой, а на голове шляпка с черными блестками.

— Скажите, — кричит она дворнику, — где чернила продаются?

— Что? — кричит дворник.

Старушка ближе:

— Чернила! — кричит.

— Сторонись! — кричит дворник, пуская струю воды.

Старушка влево, и струя влево.

Старушка скорей вправо, и струя за ней.

— Ты что, — кричит дворник, — с луны свалилась, видишь, я улицу поливаю!

Старушка только зонтиком махнула и дальше пошла.

Пришла старушка на рынок, смотрит, стоит какой-то парень и продает судака большого и сочного, длиной с руку, толщиной с ногу. Подкинул он рыбу на руках, потом взял одной рукой за нос, покачал, покачал и выпустил, но упасть не дал, а ловко поймал другой рукой за хвост и поднес к старушке.

— Во, — говорит, — за рупь отдам.

— Нет, — говорит старушка, — мне чернила...

А парень ей и договорить не дал.

— Берите, — говорит, — недорого прошу.

— Нет, — говорит старушка, — мне чернила...

А тот опять:

— Берите, — говорит, — в рыбе пять с половиной фунтов весу, — и как бы от усталости взял рыбу в другую руку.

— Нет, — сказала старушка, — мне чернила нужны.

Наконец-то парень расслышал, что говорила ему старушка.

— Чернила? — переспросил он.

— Да, чернила.

— Чернила?

— Чернила.

— А рыбы не нужно?

— Нет.

— Значит, чернила?

— Да.

— Да вы что, с луны, что ли, свалились! — сказал парень.

— Значит, нет у вас чернил, — сказала старушка и дальше пошла.

— Мяса парного пожалуйте, — кричит старушке здоровенный мясник, а сам ножом печёнки кромсает.

— Нет ли у вас чернил? — спросила старушка.

— Чернила? — заревел мясник, таща за ногу свиную тушу. Старушка скорей подальше от мясника, уж больно он толстый да свирепый, а ей уж торговка кричит:

— Сюда пожалуйте! Пожалуйте сюда!

Старушка подошла к её ларьку и очки надела, думая сейчас чернила увидать. А торговка улыбается и протягивает ей банку с черносливами.

— Пожалуйте, — говорит, — таких нигде не найдете.

Старушка взяла банку с ягодами, повертела её в руках и обратно поставила.

— Мне чернила нужны, а не ягоды, — говорит она.

— Какие чернила — красные или черные? — спросила торговка.

— Черные, — говорит старушка.

— Черных нет, — говорит торговка.

— Ну тогда красные, — говорит старушка.

— И красных нет, — сказала торговка, сложив губы бантиком.

— Прощайте, — сказала старушка и пошла.

Вот уже и рынок кончается, а чернил нигде не видать.

Вышла старушка из рынка и пошла по какой-то улице.

Вдруг смотрит — идут друг за дружкой, медленным шагом, пятнадцать ослов. На переднем осле сидит верхом человек и держит в руках большущее знамя. На других ослах тоже люди сидят и тоже в руках вывески держат.

«Это что же такое? — думает старушка. — Должно быть, это теперь на ослах, как на трамваях, ездят».

— Эй! — крикнула она человеку, сидящему на переднем осле. — Обожди немного. Скажи, где чернила продаются?

А человек на осле не расслышал, видно, что старушка ему сказала, а поднял какую-то трубу, с одного конца узкую, а с другого — широкую, раструбом. Узкий конец приставил ко рту, да как закричит туда, прямо старушке в лицо, да так громко, что за семь вёрст услыхать можно:

Спешите увидеть гастроли Дурова!

В госцирке! В госцирке!

Морские львы — любимцы публики!

Последняя неделя!

Билеты при входе!

Старушка с испугу даже зонтик уронила. Подняла она зонтик, да от страха руки так дрожали, что зонтик опять упал.

Старушка зонтик подняла, покрепче его в руках зажала, да скорей, скорей по дороге, да по панели, повернула из одной улицы в другую и вышла на третью, широкую и очень шумную.

Кругом народ куда-то спешит, а на дороге автомобили катят и трамваи грохочут.

Только хотела старушка на другую сторону перейти, вдруг:

— Тарар-арарар-арар-рррр! — автомобиль орет.

Пропустила его старушка, только на дорогу ступила, а ей:

— Эй, берегись! — извозчик кричит.

Пропустила его старушка и скорей на ту сторону побежала. До середины дороги добежала, а тут:

— Джен-джен! Динь-динь-динь! — трамвай несется.

Старушка было назад, а сзади:

— Пыр-пыр-пыр-пыр! — мотоциклет трещит.

Совсем перепугалась старушка, но хорошо, добрый человек нашёлся, схватил он её за руку и говорит:

— Вы что, — говорит, — будто с луны свалились! Вас же задавить могут.

И потащил старушку на другую сторону.

Отдышалась старушка и только хотела доброго человека о чернилах спросить, оглянулась, а его уж и след простыл.

Пошла старушка дальше, на зонтик опирается да по сторонам поглядывает, где бы про чернила узнать.

А ей навстречу идет старичок с палочкой. Сам старенький и седенький.

Подошла к нему старушка и говорит:

— Вы, видать, человек бывалый, не знаете ли, где чернила продаются?

Старичок остановился, поднял голову, подвигал своими морщинками и задумался. Постояв так немного, он полез в карман, достал кисетик, папиросную бумажку и мундштук. Потом, медленно свернув папиросу и вставив её в мундштук, спрятал кисетик и бумагу обратно и достал спички. Потом закурил папиросу и, спрятав спички, прошамкнул беззубым ртом:

— Шешиши пошаются в магашише.

Старушка ничего не поняла, а старичок пошел дальше.

Задумалась старушка.

Чего это никто про чернила толком сказать ничего не может.

Не слыхали они о чернилах никогда, что ли?

И решила старушка в магазин зайти и чернила спросить. Там-то уж знают.

А тут рядом и магазин как раз. Окна большие, в целую стену. А в окнах всё книги лежат.

«Вот, — думает старушка, — сюда и зайду. Тут уж наверно чернила есть, раз книги лежат. Ведь книги-то, чай, пишутся чернилами».

Подошла она к двери, двери стеклянные и странные какие-то.

Толкнула старушка дверь, а её саму что-то сзади подтолкнуло. Оглянулась, смотрит, на неё другая стеклянная дверь едет. Старушка вперед, а дверь за ней. Всё вокруг стеклянное и все кружится. Закружилась у старушки голова, идет она и сама не знает, куда идет.

А кругом всё двери, двери, и все они кружатся и старушку вперед подталкивают. Топталась, топталась старушка вокруг чего-то, насилу высвободилась, хорошо ещё, что жива осталась.

Смотрит старушка — прямо большие часы стоят и лестница вверх ведет. Около часов стоит человек. Подошла к нему старушка и говорит:

— Где бы мне про чернила узнать?

А тот к ней даже головы не повернул, показал только рукой на какую-то дверку, небольшую, решетчатую. Старушка приоткрыла дверку, вошла в неё, видит — комнатка, совсем крохотная, не больше шкафа. А в комнатке стоит человек. Только хотела старушка про чернила его спросить...

Вдруг: «Дзинь! Дджжжиин!» — и начал пол вверх

подниматься.

Старушка стоит, шевельнуться не смеет, а в груди у неё будто камень расти начал. Стоит она и дышать не может. Сквозь дверку чьи-то руки, ноги и головы мелькают, а вокруг гудит, как швейная машинка. Потом перестало гудеть и дышать легче стало. Кто-то дверку открыл и говорит:

— Пожалуйте, приехали, шестой этаж, выше некуда.

Старушка, совсем как во сне, шагнула куда-то выше, куда ей показали, а дверка за ней захлопнулась и комнатка-шкапик опять вниз поехала.

Стоит старушка, зонтик в руках держит, а сама отдышаться не может. Стоит она на лестнице, вокруг люди ходят, дверьми хлопают, а старушка стоит и зонтик держит.

Постояла старушка, посмотрела, что кругом делается, и пошла в какую-то дверь.

Попала старушка в большую, светлую комнату. Смотрит — стоят в комнате столики, а за столиками люди сидят. Одни, уткнув носы в бумагу, что-то пишут, а другие стучат на пишущих машинках. Шум стоит будто в кузнице, только в игрушечной.

Направо у стенки диван стоит, на диване сидит толстый человек и тонкий. Толстый что-то рассказывает тонкому и руки потирает, а тонкий согнулся весь, глядит на толстого сквозь очки в светлой оправе, а сам на сапогах шнурки завязывает.

— Да, — говорит толстый, — написал я рассказ о мальчике, который лягушку проглотил. Очень интересный рассказ.

— А я вот ничего выдумать не могу, о чем бы написать, — сказал тонкий, продевая шнурок через дырочку.

— А у меня рассказ очень интересный, — сказал толстый человек. — Пришел этот мальчик домой, отец его спрашивает, где он был, а лягушка из живота отвечает: ква-ква! Или в школе: учитель спрашивает мальчика, как по-немецки «с добрым утром», а лягушка отвечает: ква-ква! Учитель ругается, а лягушка: ква-ква-ква! Вот какой смешной рассказ, — сказал толстяк и потер свои руки.

— Вы тоже что-нибудь написали? — спросил он старушку.

— Нет, — сказала старушка, — у меня чернила все вышли. Была у меня баночка, от сына осталась, да вот теперь кончилась.

— А что, ваш сын тоже писатель? — спросил толстяк.

— Нет, — сказала старушка, — он лесничий. Да только он тут не живет. Раньше я у мужа чернила брала, а теперь муж умер, и я одна осталась. Нельзя ли мне у вас тут чернила купить? — вдруг сказала старушка.

Тонкий человек завязал свой сапог и посмотрел сквозь очки на старушку.

— Как чернила? — удивился он.

— Чернила, которыми пишут, — пояснила старушка.

— Да ведь тут чернил не продают, — сказал толстый человек и перестал потирать свои руки.

— Вы как сюда попали? — спросил тонкий, вставая с дивана.

— В шкафу приехала, — сказала старушка.

— В каком шкафу? — в один голос спросили толстый и тонкий.

— В том, который у вас на лестнице вверх и вниз катается, — сказала старушка.

— Ах, в лифте! — рассмеялся тонкий, снова садясь на диван, так как теперь у него развязался другой сапог.

— А сюда вы зачем пришли? — спросил старушку толстый человек.

— А я нигде чернил найти не могла, — сказала старушка, — всех спрашивала, никто не знал. А тут, смотрю, книги лежат, вот и зашла сюда. Книги-то, чай, чернилами пишутся!

— Ха, ха, ха! — рассмеялся толстый человек. — Да вы прямо как с луны на землю свалились!

— Эй, слушайте! — вдруг вскочил с дивана тонкий человек. Сапогов так и не завязал, и шнурки болтались по полу.

— Слушайте, — сказал он толстому, — да ведь вот я и напишу про старушку, которая чернила покупала.

— Верно, — сказал толстый человек и потер свои

руки.

Тонкий человек снял свои очки, подышал на них, вытер носовым платком, одел опять на нос и сказал старушке:

— Расскажите вы нам о том, как вы чернила покупали, а мы про вас книжку напишем и чернил дадим.

Старушка подумала и согласилась.

И вот тонкий человек написал книжку:

О том, как старушка чернила покупала.

1928–1929

Загадочный случай

Это невероятно! Кто объяснит мне, что произошло? Вот уже третий день я лежу на диване, и меня от страха трясёт. Я ничего не понимаю.

Случилось это так.

В моей комнате, на стене, висит портрет моего приятеля Карла Ивановича Шустерлинга. Третьего дня, когда я убирал свою комнату, я снял портрет со стены, вытер с него пыль и повесил его обратно. Потом я отошел, чтобы издали взглянуть, не криво ли он висит. Но когда я взглянул, то у меня похолодели ноги, а волосы встали на голове дыбом. Вместо Карла Ивановича Шустерлинга на меня глядел со стены страшный, бородатый старик в дурацкой шапочке. Я с криком выскочил из комнаты.

Как мог Карл Иванович Шустерлинг в одну минуту превратиться в этого странного бородача? Мне никто не может объяснить этого...

Может быть, вы скажете мне, куда исчез мой дорогой Карл Иванович?

«Ты был в зоологическом саду?»

— Ты был в зоологическом саду?
— Был.
— Видел льва?
— Это с хоботом?

— Нет, это слон, лев не такой.

— А, с двумя горбами.

— Да нет же! С гривой!

— А-а! Да, да, с гривой, такой с клювом.

— Какой там с клювом! С клыками.

— Ну да, с клыками и с крыльями.

— Нет, это не лев.

— А кто же?

— Это не знаю. Лев жёлтый.

— Ну да, жёлтый, почти серый.

— Нет, скорей почти красный.

— Да, да, да, с хвостом.

— Ну да, с хвостом и когтями.

— Знаю! С когтями и величиной с чернильницу.

— Какой же это лев. Это, скорее, мышь.

— Что ты! Мышь с крыльями не бывает.

— А это с крыльями?

— Ну да!

— Так тогда это птица.

— Вот-вот. Я тоже думаю, что птица.

— Я тебе говорил про льва.

— И я тоже, про птицу льва.

— Да разве лев — птица?

— По-моему, птица. Он ещё всё так чирикает: «Тирли-тирли, тють-тють-тють».

— Постой! Такой серенький и жёлтенький?

— Вот-вот. Серенький и жёлтенький.

— С круглой головкой?

— Да, с круглой головкой.

— И летает?

— Летает.

— Ну так я тебе скажу: это чиж!

— Ну да! Верно же, это чиж!

— А я спрашивал про льва.

— Ну, льва не видал.

Озорная пробка

В 124-м детском доме, ровно в 8 ч. вечера, зазвонил

колокол.

Ужинать! Ужинать! Ужинать! Ужинать!

Девчонки и мальчишки бежали вниз по лестнице в столовую. С криком и топотом и хохотом каждый занимал своё место.

Сегодня на кухне дежурят Арбузов и Рубакин, а также учитель Павел Карлович, или Палкарлыч.

Когда все расселись, Палкарлыч сказал:

— Сегодня на ужин вам будет суп с клёцками.

Арбузов и Рубакин внесли котел, поставили его на табурет и подняли крышку. Палкарлыч подошёл к котлу и начал выкрикивать имена.

— Иван Мухин! Нина Верёвкина! Федул Карапузов!

Выкликаемые подходили. Арбузов наливал им в тарелку суп, а Рубакин давал булку. Получивший то и другое шёл на своё место.

— Кузьма Паровозов! — кричал Палкарлыч. — Михаил Топунов! Зинаида Гребешкова! Громкоговоритель!

Громкоговорителем звали Серёжку Чикина за то, что он всегда говорил во весь дух, а тихо разговаривать не мог.

Когда Серёжка-Громкоговоритель подошёл к котлу, вдруг стало темно.

— Электричество потухло! — закричали на разные голоса.

— Ай, ай, ай, ты смотри, что ты делаешь! — громче всех кричал Громкоговоритель.

— Громкоговоритель в супе купается! — кричал Кузьма Паровозов.

— Смотри не подавись клёцками! — кричал Пётр Сапогов.

— Тише, сидите на местах! — кричал Палкарлыч.

— Отдай мне мою булку! — кричала Зинаида Гребешкова.

Но тут стало опять светло.

— Электричество загорелось! — закричал Кузьма Паровозов.

— И без тебя вижу, — отвечала ему Зинаида Гребешкова.

— А я весь в супе! — кричал Громкоговоритель.

Когда немного поуспокоились, Палкарлыч опять начал выкрикивать:

— Пётр Сапогов! Мария Гусева! Николай Пнёв!

На другой день, вечером, когда Палкарлыч показывал детям новое гимнастическое упражнение, вдруг стало опять темно.

Федул Карапузов, Нина Верёвкина и Николай Пнёв, повторяя движения Палкарлыча, поскользнулись в темноте и упали на пол.

Пётр Сапогов, воспользовавшись темнотой, ударил Громкоговорителя кулаком в спину.

Кругом кричали:

— Опять потухло! Опять потухло! Принесите лампу! Сейчас загорится!

И действительно, электричество опять загорелось.

— Это ты меня ударил? — спросил Громкоговоритель.

— И не думал, — отвечал Сапогов.

— Тут что-то неладно, — сказал Палкарлыч. — Ты, Мухин, и ты, Громкоговоритель, сбегайте в соседний дом и узнайте: если там электричество не тухло, как у нас, то надо будет позвать монтёра.

Мухин и Громкоговоритель убежали и, скоро вернувшись, сказали, что, кроме как в детском доме, электричество не тухло.

На третий день, с самого утра, по всему детскому дому ходил монтёр с длинной двойной лестницей-стремянкой. Он в каждой комнате ставил стремянку, влезал на неё, шарил рукой по потолку, по стенам; зажигал и тушил разные лампочки, потом зачем-то бежал в прихожую, где над вешалкой висел счётчик и мраморная дощечка с пробками. Следом за монтёром ходили несколько мальчишек и с любопытством смотрели, что он делает. Наконец монтёр, собираясь уходить, сказал, что пробки были не в порядке и от лёгкой встряски электричество могло тухнуть. Но теперь всё хорошо, и по пробкам можно бить хоть топором.

— Прямо так и бить? — спросил Пётр Сапогов.

— Нет, это я пошутил, — сказал монтёр, — но во всяком случае теперь электричество не погаснет.

Монтёр ушёл. Пётр Сапогов постоял на месте, потом пошел в прихожую и долго глядел на счётчик и пробки.

— Что ты тут делаешь? — спросил его Громкоговоритель.

— А тебе какое дело, — сказал Петька Сапогов и пошёл на кухню.

Пробило 2 часа, потом 3, потом 4, потом 5, потом 6, потом 7, потом 8.

— Ну, — говорил Палкарлыч, — сегодня мы не будем сидеть в темноте. У нас были пробки не в порядке.

— А что такое пробки? — спросила Мария Гусева.

— Пробки, это их так называют за их форму. Они...

Но тут электричество погасло, и стало темно.

— Потухло! — кричал Кузьма Паровозов.

— Погасло! — кричала Нина Верёвкина.

— Сейчас загорится! — кричал Громкоговоритель, отыскивая впотьмах Петьку Сапогова, чтобы, как бы невзначай, дать ему подзатыльник. Но Петька не находился. Минуты через полторы электричество опять загорелось. Громкоговоритель посмотрел кругом. Петьки нет как нет.

— Завтра позовём другого монтёра, — говорил Палкарлыч. Этот ничего не понимает.

«Куда бы мог пропасть Петька? — думал Громкоговоритель. На кухне он, кажись, сегодня не дежурит. Ну, ладно, мы с ним ещё посражаемся».

На четвёртый день позвали другого монтера. Новый монтёр осмотрел провода, пробки и счётчик, слазил на чердак и сказал, что теперь-то уж всё в исправности.

Вечером, около 8 часов, электричество потухло опять.

На пятый день электричество потухло, когда все сидели в клубе и рисовали стенгазету. Зинаида Гребешкова рассыпала коробочку с кнопками. Михаил Топунов кинулся помогать ей собирать кнопки, но тут-то электричество и погасло, и Михаил Топунов с разбега налетел на столик с моделью деревенской избы-читальни. Изба-читальня упала и разбилась. Принесли свечу, чтобы посмотреть, что произошло, но электричество загорелось.

На шестой день в стенгазете 124-го детского дома появилась картинка: на ней были нарисованы человечки, стоящие с растопыренными руками, и падающий столик с маленьким домиком. Под картинкой была подпись:

Электричество потухло —
Раз, два, три, четыре, пять.
Только свечку принесли —
Загорелося опять.

Но несмотря на это, вечером электричество всё-таки потухло.

На седьмой день в 124-й детский дом приезжали какие-то люди. Палкарлыч водил их по дому и рассказывал о капризном электричестве. Приезжие люди записали что-то в записные книжки и уехали.
Вечером электричество потухло.
Ну что тут поделаешь!

На восьмой день, вечером, Сергей Чикин, по прозванию Громкоговоритель, нёс линейки и бумагу в рисовальную комнату, которая помещалась внизу около прихожей. Вдруг Громкоговоритель остановился. В прихожей, через раскрытую дверь, он увидел Петра Сапогова. Пётр Сапогов, на цыпочках и то и дело оглядываясь по сторонам, крался к вешалке, над которой висел счётчик и мраморная дощечка с пробками. Дойдя до вешалки, он ещё раз оглянулся и, схватившись руками за вешалочные крючки, а ногами упираясь о стойку, быстро влез наверх и повернул одну пробку. Всё потухло. Во втором этаже послышался визг и крик.
Минуту спустя электричество опять зажглось, и Пётр

Сапогов спрыгнул с вешалки.

— Стой! — крикнул Громкоговоритель, бросая линейки и хватая за плечо Петьку Сапогова.

— Пусти, — сказал Петька Сапогов.

— Нет, не пущу. Это ты зачем тушишь электричество?

— Не знаю, — захныкал Петька Сапогов.

— Нет, врёшь! Знаешь! — кричал Громкоговоритель. — Из-за тебя меня супом облили. Шпана ты этакая.

— Честное слово, тогда не я тушил электричество, — завертелся Петька Сапогов. — Тогда оно само тухло. А вот когда монтёр сказал, что по пробкам хоть топором бей — ничего, я вечером и попробовал одну пробку ударить. Рукой, слегка. А потом взял её да повернул. Электричество и погасло. С тех пор я каждый день тушу. Интересно. Никто починить не может.

— Ну и дурак! — сказал Громкоговоритель. — Смотри у меня: если ещё раз потушишь электричество, я всем расскажу. Мы устроим товарищеский суд, и тебе не поздоровится. А пока, чтоб ты помнил, получай! — И он ударил Петьку Сапогова в правую лопатку.

Петька Сапогов пробежал два шага и шлёпнулся, а Громкоговоритель поднял бумагу и линейки, отнёс их в рисовальную комнату и как ни в чём не бывало пошёл наверх.

На следующий, девятый, день Громкоговоритель подошёл к Палкарлычу.

— Товарищ учитель, — сказал он, — разрешите мне починить электричество.

— А ты разве умеешь? — спросил Палкарлыч.

— Умею.

— Ну, валяй, попробуй, авось никому не удавалось, а тебе удастся.

Громкоговоритель побежал в прихожую, влез на вешалку, поковырял для вида около счётчика, постукал мраморную дощечку и слез обратно.

И что за чудо? С того дня в 124-м детском доме электричество горит себе и не тухнет.   *1928*

О том, как Колька Панкин летал в Бразилию, а Петька Ершов ничему не верил

I

Колька Панкин решил прокатиться куда-нибудь подальше.

— Я поеду в Бразилию, — сказал он Петьке Ершову.

— А где эта Бразилия находится? — спросил Петька.

— Бразилия находится в Южной Америке, — сказал Колька, — там очень жарко, там водятся обезьяны и попугаи, растут пальмы, летают колибри, ходят хищные звери и живут дикие племена.

— Индейцы? — спросил Петька.

— Вроде индейцев, — сказал Колька.

— А как туда попасть? — спросил Петька.

— На аэроплане или на пароходе, — сказал Колька.

— А ты на чём поедешь? — спросил Петька.

— Я полечу на аэроплане, — сказал Колька.

— А где ты его возьмёшь? — спросил Петька.

— Пойду на аэродром, попрошу, мне и дадут, — сказал Колька.

— А кто же это тебе даст? — спросил Петька.

— А у меня там все знакомые, — сказал Колька.

— Какие же это у тебя там знакомые? — спросил Петька.

— Разные, — сказал Колька.

— Нет у тебя там никаких знакомых, — сказал Петька.

— Нет, есть! — сказал Колька.

— Нет, нет! — сказал Петька.

— Нет, есть!

— Нет, нет!

— Нет, есть!

— Нет, нет!

Колька Панкин и Петька Ершов решили пойти на следующее утро на аэродром.

II

Колька Панкин и Петька Ершов на следующий день рано утром вышли из дому. Идти на аэродром было далеко, но так как погода была хорошая и денег на трамвай не было, то Колька и Петька пошли пешком.

— Обязательно поеду в Бразилию, — сказал Колька.

— А письма писать мне будешь? — спросил Петька.

— Буду, — сказал Колька, — а как обратно приеду, привезу тебе обезьяну.

— А птицу привезёшь? — спросил Петька.

— И птицу привезу, — сказал Колька. — Какую хочешь: колибри или попугая.

— А какая лучше? — спросил Петька.

— Попугай лучше, он может разговаривать, — сказал Колька.

— А петь может? — спросил Петька.

— И петь может, — сказал Колька.

— По нотам? — спросил Петька.

— По нотам не может. А вот ты что-нибудь споёшь, а попугай повторит, — сказал Колька.

— А ты обязательно привезёшь мне попугая? — спросил Петька.

— Обязательно, — сказал Колька.

— А ну, как нет? — сказал Петька.

— Сказал, что привезу, значит привезу, — сказал Колька.

— А не привезёшь! — сказал Петька.

— А привезу! — сказал Колька.

— А нет! — сказал Петька.

— А да! — сказал Колька.

— А нет!

— А да!

— А нет!

— А да!

— А нет!

Но тут Колька Панкин и Петька Ершов пришли на аэродром.

III

На аэродроме было очень интересно. Аэропланы друг за другом бежали по земле, а потом — раз, два, три — оказывались уже в воздухе — сначала низко, а потом выше, а потом ещё выше, а потом, покружившись на одном месте, улетали и совсем. На земле стояло ещё штук восемь аэропланов, готовых тоже разбежаться и улететь. Колька Панкин выбрал один из них и, указывая Петьке Ершову, сказал:

— В Бразилию я полечу на этом вот аэроплане.

Петька снял кепку и почесал голову. Надел кепку опять и спросил:

— А аэроплан этот тебе дадут?

— Дадут, — сказал Колька, — у меня там знакомый авиатор.

— Знакомый? А как его зовут? — спросил Петька.

— Очень просто — Павел Иванович, — сказал Колька.

— Павел Иванович? — переспросил Петька.

— Ну да, — сказал Колька.

— И ты его попросишь? — спросил Петька.

— Конечно. Вот пойдём вместе, ты услышишь, — сказал Колька.

— А если он тебе не даст аэроплана? — спросил Петька.

— Ну как не даст. Попрошу, так даст, — сказал Колька.

— А если ты не попросишь? — спросил Петька.

— Попрошу, — сказал Колька.

— А испугаешься! — сказал Петька.

— Нет, не испугаюсь! — сказал Колька.

— Слабо! — сказал Петька.

— Нет, не слабо! — сказал Колька.

— Слабо! — сказал Петька.

— Нет, не слабо! — сказал Колька.

— Слабо!

— Нет, не слабо!

— Слабо!

— Нет, не слабо!

Колька Панкин и Петька Ершов побежали к авиатору.

IV

Авиатор стоял около аэроплана и промывал в бензине, налитом в маленькое корытце, какие-то винтики. Сам он был одет во всё кожаное, а рядом на земле лежали кожаные перчатки и кожаный шлем.

Колька Панкин и Петька Ершов подошли.

Авиатор достал из бензина винтики, положил их на краешек аэроплана, а в бензин положил новые винтики и стал их мыть.

Колька посмотрел-посмотрел и сказал:

— Здрасте, Павел Иванович!

Авиатор посмотрел сначала на Кольку, потом на Петьку, а потом опять отвернулся. Колька же постоял-постоял и снова сказал:

— Здрасте, Павел Иванович!

Авиатор посмотрел тогда сначала на Петьку, потом на Кольку, а потом сказал, почёсывая одной ногой другую ногу:

— Меня зовут не Павел Иванович, а Константин Константинович, и никакого Павла Ивановича я не знаю.

Петька прыснул в кулак, Колька ударил Петьку, Петька сделал серьёзное лицо, а Колька сказал авиатору:

— Константин Константинович, мы с Петькой Ершовым решили лететь в Бразилию, не одолжите ли вы нам ваш аэроплан?

Авиатор начал хохотать:

— Ха-ха-ха-ха-ха-ха! Это вы что же — серьёзно решили лететь в Бразилию?

— Да, — сказал Колька.

— А вы полетите с нами? — спросил Петька.

— А вы что же думали, — закричал авиатор, — что я вам так машину дам? Нет, шалишь. Вот если вы мне заплатите, то в Бразилию свезти я вас могу. Что вы мне за это дадите?

Колька пошарил в карманах, но ничего не нашёл.

— Денег у нас нет, — сказал он авиатору, — может быть, вы нас так свезёте?

— Нет, так не повезу, — сказал авиатор и отвернулся

что-то чинить в аэроплане.

Вдруг Колька взмахнул руками и закричал:

— Константин Константинович! Хотите перочинный ножик? Очень хороший, в нём три ножа. Два, правда, сломанные, но один зато целый и очень острый. Я раз как-то ударил им в дверь и прямо насквозь прошиб.

— Когда же это было? — спросил Петька.

— А тебе что за дело? Зимой было! — рассердился Колька.

— А какую же это дверь ты прошиб насквозь? — спросил Петька.

— Ту, которая от чулана, — сказал Колька.

— А она вся целая, — сказал Петька.

— Значит, поставили новую, — сказал Колька.

— Нет, не ставили, дверь старая, — сказал Петька.

— Нет, новая, — сказал Колька.

— А ты мне ножик отдай, — сказал Петька, — это мой ножик, я тебе дал его только верёвку с бельём перерезать, а ты и совсем взял.

— Как же это так — твой ножик? Мой ножик, — сказал Колька.

— Нет, мой ножик! — сказал Петька.

— Нет, мой! — сказал Колька.

— Нет, мой! — сказал Петька.

— Нет, мой!

— Нет, мой!

— Ну, ладно, шут с вами, — сказал авиатор, — садитесь, ребята, в аэроплан, полетим в Бразилию.

V

Колька Панкин и Петька Ершов летели на аэроплане в Бразилию. Это было здорово интересно. Авиатор сидел на переднем сиденье, был виден только его шлем. Всё было очень хорошо, да мотор шумел очень уж, и говорить трудно было. А если выглянуть из аэроплана на землю, то, ух, как просторно — дух захватывает! А на земле всё маленькое-маленькое и не тем боком друг к другу повёрнуто.

— Петь-ка! — кричит Колька. — Смотри, какой город корявенький!

— Что-о? — кричит Петька.

— Го-род! — кричит Колька.

— Не слы-шу! — кричит Петька.

— Что-о-о? — кричит Колька.

— Скоро ли Брази-лия? — кричит Петька.

— У какого Васи-ли-я? — кричит Колька.

— Шапка улете-ла-а! — кричит Петька.

— Сколько? — кричит Колька.

— Вчера-а! — кричит Петька.

— Северная Америка! — кричит Колька.

— На-ви-да-ри-ди-и-и! — кричит Петька.

— Что-о? — кричит Колька.

Вдруг в ушах стало пусто и аэроплан начал опускаться.

VI

Аэроплан попрыгал по кочкам и остановился.

— Приехали, — сказал авиатор.

Колька Панкин и Петька Ершов огляделись.

— Петька, — сказал Колька, — гляди, Бразилия-то какая!

— А это Бразилия? — спросил Петька.

— Сам-то, дурак, разве не видишь? — сказал Колька.

— А что это там за люди бегут? — спросил Петька.

— Где? А, вижу, — сказал Колька. — Это туземцы, дикари. Видишь, у них белые головы. Это они сделали себе причёски из трав и соломы.

— Зачем? — спросил Петька.

— Так уж, — сказал Колька.

— А смотри, по моему, это у них такие волосы, — сказал Петька.

— А я тебе говорю, что это перья, — сказал Колька.

— Нет, волосы! — сказал Петька.

— Нет, перья! — сказал Колька.

— Нет, волосы!

— Нет, перья!

— Нет, волосы!

— Ну, вылезайте из аэроплана, — сказал им авиатор, — мне лететь нужно.

VII

Колька Панкин и Петька Ершов вылезли из аэроплана и пошли навстречу туземцам. Туземцы оказались небольшого роста, грязные и белобрысые. Увидя Кольку и Петьку, туземцы остановились.

Колька шагнул вперёд, поднял правую руку и сказал:

— Оах! — сказал он им по-индейски.

Туземцы открыли рты и стояли молча.

— Гапакук! — сказал им Колька по-индейски.

— Что это ты говоришь? — спросил Петька.

— Это я говорю с ними по-индейски, — сказал Колька.

— А откуда ты знаешь индейский язык? — спросил Петька.

— А у меня была такая книжка, по ней я и выучился, — сказал Колька.

— Ну ты, ври больше! — сказал Петька.

— Отстань! — сказал Колька. — Инам кос! — сказал он туземцам по-индейски.

Вдруг туземцы засмеялись.

— Керек эри ялэ, — сказали туземцы.

— Ара токи, — сказал Колька.

— Мита? — спросили туземцы.

— Брось, пойдём дальше, — сказал Петька.

— Пильгедрау! — крикнул Колька.

— Пэркиля! — закричали туземцы.

— Кульмэгуинки! — крикнул Колька.

— Пэркиля, пэркиля! — кричали туземцы.

— Бежим! — крикнул Петька. — Они драться хотят.

Но было уже поздно. Туземцы кинулись на Кольку и стали его бить.

— Караул! — кричал Колька.

— Пэркиля! — кричали туземцы.

— Мм-ууу! — мычала корова.

VIII

Избив как следует Кольку, туземцы, хватая и бросая в воздух пыль, убежали. Колька стоял встрёпанный и сильно измятый.

— Пе-пе-пе-пе-петька, — сказал он дрожащим голосом. — Здорово я тузе-зе-зе-земцев разбил. Одного сю-сю-сю-сюда, а другого ту-ту-ту-туда.

— А не они тебя побили? — спросил Петька.

— Что ты! — сказал Колька. — Я как пошёл их хватать: раз-два, раз-два, раз-два.

— Мм-ууу! — раздалось у самого Колькиного уха.

— Ай! — вскрикнул Колька и побежал.

— Колька! Ко-олька-а-а! — кричал Петька.

Но Колька бежал без оглядки.

Бежали-бежали,

бежали-бежали,

бежали-бежали,

и, только добежав до леса, Колька остановился.

— Уф! — сказал он переводя дух.

Петька так запыхался от бега, что ничего не мог сказать.

— Ну, и бизон! — сказал Колька, отдышавшись.

— А? — спросил Петька.

— Ты видел бизона? — спросил Колька.

— Где? — спросил Петька.

— Да ну, там. Он кинулся на нас, — сказал Колька.

— А это не корова была? — спросил Петька.

— Что ты, какая же это корова. В Бразилии нет коров, — сказал Колька.

— А разве бизоны ходят с колокольчиками на шее? — спросил Петька.

— Ходят, — сказал Колька.

— Откуда же это у них колокольчики? — спросил Петька.

— От индейцев. Индейцы всегда поймают бизона, привяжут к нему колокольчик и выпустят.

— Зачем? — спросил Петька.

— Так уж, — сказал Колька.

— Неправда, бизоны не ходят с колокольчиками, а это была корова, — сказал Петька.

— Нет, бизон! — сказал Колька.

— Нет, корова! — сказал Петька.

— Нет, бизон!

— Нет, корова!

— Нет, бизон!

— А где же попугаи? — спросил Петька.

IX

Колька Панкин сразу даже растерялся:

— Какие попугаи? — спросил он Петьку Ершова.

— Да ты же обещал поймать мне попугаев, как приедем в Бразилию. Если это Бразилия, то должны быть и попугаи, — сказал Петька.

— Попугаев не видать, зато вон сидят колибри, — сказал Колька.

— Это вон там на сосне? — спросил Петька.

— Это не сосна, а пальма, — обиделся Колька.

— А на картинках пальмы другие, — сказал Петька.

— На картинках другие, а в Бразилии такие, — рассердился Колька. — Ты смотри лучше, колибри какие.

— Похожи на наших воробьёв, — сказал Петька.

— Похожи, — согласился Колька, — но меньше ростом.

— Нет, больше! — сказал Петька.

— Нет, меньше! — сказал Колька.

— Нет, больше! — сказал Петька.

— Нет, меньше! — сказал Колька.

— Нет, больше!

— Нет, меньше!

— Нет, больше!

— Нет, меньше!

Вдруг за спинами Кольки и Петьки послышался шум.

X

Колька Панкин и Петька Ершов обернулись.

Прямо на них летело какое-то чудовище.

— Что это? — испугался Колька.

— Это автомобиль, — сказал Петька.

— Не может быть! — сказал Колька. — Откуда же в Бразилии автомобиль.

— Не знаю, — сказал Петька, — но только это автомобиль.

— Не может быть! — сказал Колька.

— А я тебе говорю, что автомобиль! — сказал Петька.

— Нет, не может быть, — сказал Колька.

— Нет может!

— Нет, не может!

— Ну, теперь видишь, что это автомобиль? — спросил Петька.

— Вижу, но очень странно, — сказал Колька.

Тем временем автомобиль подъехал ближе.

— Эй вы, ребята! — крикнул человек из автомобиля. — Дорога в Ленинград направо или налево?

— В какой Ленинград? — спросил Колька.

— Как в какой! Ну, в город как проехать? — спросил шофёр.

— Мы не знаем, — сказал Петька, а потом вдруг заревел. — Дяденька, — заревел он, — свези нас в город.

— Да вы сами-то что, из города? — спросил шофёр.

— Ну да, — ревел Петька, — с Моховой улицы.

— А как же вы сюда попали? — удивился шофёр.

— Да вот Колька, — ревел Петька, — обещал в Бразилию свезти, а сам сюда привёз.

— В Брусилово... Брусилово... Постойте, Брусилово это дальше, это где-то в Черниговской области, — сказал шофёр.

— Чилиговская область... Чилийская республика... Чили... Это южнее, это там, где и Аргентина. Чили находится на берегу Тихого океана, — сказал Колька.

— Дяденька, — захныкал опять Петька, — свези нас домой.

— Ладно, ладно, — сказал шофёр. — Садитесь, всё равно машина пустая. Только Брусилово не тут, Брусилово — это в Черниговской области.

И вот Колька Панкин и Петька Ершов поехали домой на автомобиле.

XI

Колька Панкин и Петька Ершов ехали сначала молча. Потом Колька посмотрел на Петьку и сказал:

— Петька, — сказал Колька, — ты видел кондора?

— Нет, — сказал Петька. — А что это такое?

— Это птица, — сказал Колька.

— Большая? — спросил Петька.

— Очень большая, — сказал Колька.

— Больше вороны? — спросил Петька.

— Что ты! Это самая большая птица, — сказал Колька.

— А я её не видал, — сказал Петька.

— А я видел. Она на пальме сидела, — сказал Колька.

— На какой пальме? — спросил Петька.

— На той, на которой и колибри сидела, — сказал Колька.

— Это была не пальма, а сосна, — сказал Петька.

— Нет, пальма! — сказал Колька.

— Нет, сосна! — сказал Петька. — Пальмы растут только в Бразилии, а тут не растут.

— Мы и были в Бразилии, — сказал Колька.

— Нет, не были! — сказал Петька.

— Нет, были! — сказал Колька.

— Не бы-ли! — закричал Петька.

— Были, были, были, бы-ли-и-и! — кричал Колька.

— А вон и Ленинград виднеется, — сказал шофёр, указывая рукой на торчащие в небо трубы и крыши.

ВСЁ

1928

Профессор Трубочкин

I

В редакцию «Чижа» вошёл человек маленького роста,

с чёрной косматой бородой, в длинном чёрном плаще и в широкополой чёрной шляпе. Под мышкой этот человек держал огромный конверт, запечатанный зелёной печатью.

— Я — знаменитый профессор Трубочкин, — сказал тоненьким голосом этот странный человек.

— Ах, это вы профессор Трубочкин! — сказал редактор. — Мы давно ждём вас. Читатели нашего журнала задают нам различные вопросы. И вот мы обратились к вам, потому что только вы можете ответить на любой вопрос. Мы слыхали, что вы знаете всё.

— Да, я знаю все, — сказал профессор Трубочкин. — Я умею управлять аэропланом, трамваем и подводной лодкой. Я умею говорить по-русски, по-немецки, по-турецки, по-самоедски и по-фистольски. Я умею писать стихи, читать книжку, держа её вверх ногами, стоять на одной ноге, показывать фокусы и даже летать.

— Ну, это уж невозможно, — сказал редактор.

— Нет, возможно, — сказал профессор Трубочкин.

— А ну-ка, полетите, — сказал редактор.

— Пожалуйста, — сказал профессор Трубочкин и влез на стол.

Профессор разбежался по столу, опрокинул чернильницу и банку с клеем, сбросил на пол несколько книг, порвал чью-то рукопись и прыгнул на воздух. Плащ профессора распахнулся и защёлкал над головой редактора, а сам профессор замахал руками и с грохотом полетел на пол.

Все кинулись к профессору, но профессор вскочил на ноги и сказал:

— Я делаю всё очень скоро. Я могу сразу сложить два числа любой величины.

— А ну-ка, — сказал редактор, — сколько будет три и пять?

— Четыре, — сказал профессор.

— Нет, — сказал редактор, — вы ошиблись.

— Ах да, — сказал профессор, — девятнадцать!

— Да нет же, — сказал редактор, — вы ошиблись опять. У меня получилось восемь.

Профессор Трубочкин разгладил свою бороду, положил на стол конверт с зелёной печатью и сказал:

— Хотите, я вам напишу очень хорошие стихи?

— Хорошо, — сказал редактор.

Профессор Трубочкин подбежал к столу, схватил карандаш и начал быстро-быстро писать. Правая рука профессора Трубочкина стала вдруг мутной и исчезла.

— Готово, — сказал профессор Трубочкин, протягивая редактору лист бумаги, мелко-мелко исписанный.

— Куда девалась ваша рука, когда вы писали? — спросил редактор.

— Ха-ха-ха! — рассмеялся профессор. — Это, когда я писал, я так быстро двигал рукой, что вы перестали её видеть.

Редактор взял бумагу и начал читать стихи:

Жик жик жик.
Фок фок фок.
Рик рик рик.
Шук шук шук.

— Что это такое? — вскричал редактор. — Я ничего не понимаю!

— Это по-фистольски, — сказал профессор Трубочкин.

— Это такой язык? — спросил редактор.

— Да, на этом языке говорят фистольцы, — сказал профессор Трубочкин.

— А где живут фистольцы? — спросил редактор.

— В Фистолии, — сказал профессор.

— А где Фистолия находится? — спросил редактор.

— Фистолия находится в Компотии, — сказал профессор.

— А где находится Компотия? — спросил редактор.

— В Чучечии, — сказал профессор.

— А Чучечия?

— В Бамбамбии.

— А Бамбамбия?

— В Тимпампампии.

— Простите, профессор Трубочкин, что с вами? — сказал вдруг редактор, вытаращив глаза. — Что с вашей бородой?

Борода профессора лежала на столе.

— Ах! — крикнул профессор, схватил бороду и бросился бежать.

— Стойте! — крикнул редактор.

— Держите профессора! — крикнул художник Тутин.

— Держите его! Держите его! Держите его! — закричали все и кинулись за профессором. Но профессора и след простыл.

В коридоре лежал плащ профессора, на площадке лестницы — шляпа, а на ступеньках — борода.

А самого профессора не было нигде.

По лестнице вниз спускался мальчик в серой курточке.

Редактор и художник вернулись в редакцию.

— Смотрите, остался конверт! — крикнул писатель Колпаков.

На столе лежал конверт, запечатанный зелёной печатью. На конверте было написано:

«В редакцию журнала „Чиж“.»

Редактор схватил конверт, распечатал его, вынул из конверта лист бумаги и прочёл:

Здравствуй, редакция „Чижа“.

Я только что вернулся из кругосветного путешествия. Отдохну с дороги и завтра приду к вам.

Я знаю всё и буду давать ответы на все вопросы ваших читателей.

Посылаю вам свой портрет. Напечатайте его на обложке „Чижа“ N 7.

Это письмо передаст вам Федя Кочкин.

Ваш профессор

Трубочкин.

— Кто это Федя Кочкин? — спросил писатель

Колпаков.

— Не знаю, — сказал редактор.

— А кто же это был у нас и говорил, что он профессор Трубочкин? — спросил художник Тутин.

— Не знаю, не знаю, — сказал редактор. — Подождём до завтра, когда придёт настоящий профессор Трубочкин и сам всё объяснит. А сейчас я ничего не понимаю.

II

Писатель Колпаков, художник Тутин и редактор «Чижа» сидели в редакции и ждали знаменитого профессора Трубочкина, который знает решительно все.

Профессор обещал прийти ровно в 12 часов, но вот уже пробило два, а профессора всё ещё нет.

В половине третьего в редакции зазвонил телефон. Редактор подошёл к телефону.

— Я слушаю, — сказал редактор.

— Ба-ба-ба-ба-ба! — раздались в телефоне страшные звуки, похожие на пушечные выстрелы.

Редактор вскрикнул, выпустил из рук телефонную трубку и схватился за ухо.

— Что случилось? — крикнули писатель Колпаков и художник

Тутин и кинулись к редактору.

— Оглушило, — сказал редактор, прочищая пальцем ухо и тряся головой.

— Бу-бу-бу-бу-бу! — неслось из телефонной трубки.

— Что же это такое? — спросил художник Тутин.

— А кто его знает, что это такое! — крикнул редактор, продолжая мотать головой.

— Подождите, — сказал писатель Колпаков, — мне кажется, я слышу слова.

Все замолчали и прислушались.

— Бу-бу-бу... буду...бу-бу... больше боль... балы балу... ту-бубу! — неслось из телефонной трубки.

— Да ведь это кто-то говорит таким страшным басом! — крикнул художник Тутин. Редактор сложил ладоши рупором, поднёс их к телефонной трубке и крикнул туда:

— Алло! Алло! Кто говорит?

— Великан Бобов-бов-бов-бов! — послышалось из телефонной трубки.

— Что? — удивился редактор. — Великанов же не бывает.

— Не бывает, а я великан Бобов, — ответила с треском трубка.

— А что вам от нас нужно? — спросил редактор.

— Вы ждёте к себе профессора Тррррубочкина? — спросил голос из трубки.

— Да, да, да! — обрадовался редактор. — Где он?

— Хра-хра-хра-хра-хра! — захохотала трубка с таким грохотом, что редактору, писателю Колпакову и художнику Тутину пришлось зажать свои уши.

— Это я! Это я-хра-хра-хра поймал профессора Тррррубочкина. И не пущу его к вам-ам-ам-ам!! — крикнул странный голос из трубки.

— Профессоррррр Тррррубочкин мой враг-раг-раг-раг, рык-эрык-кыкырык... — затрещало что-то в трубке, и вдруг стало тихо. Из телефонной трубки шёл дым.

— Этот страшный великан кричал так громко, что, кажется, сломал телефон, — сказал редактор.

— Но что ж с профессором? — спросил писатель Колпаков.

— Надо спасать профессора! — крикнул редактор. — Бежим к нему на помощь!

— Но куда? — спросил художник Тутин. — Мы даже не знаем, где живёт этот великан Бобов.

— Что же делать? — спросил писатель Колпаков.

Вдруг опять зазвонил телефон.

— Телефон не сломан! — крикнул редактор и побежал к телефону.

Редактор снял телефонную трубку и вдруг опять повесил её на крючок. Потом опять снял трубку, крикнул в неё:

— Алло! Я слушаю, — и отскочил от трубки шагов на пять.

В трубке что-то очень слабо защёлкало. Редактор

подошёл ближе и поднёс трубку к уху.

— С вами говорит Федя Кочкин, — послышалось из телефонной трубки.

— Да, да, я слушаю! — крикнул редактор.

— Профессор Трубочкин попал к великану Бобову. Я бегу спасать профессора Трубочкина. Ждите моего звонка. До свидания. — И редактор услышал, как Федя Кочкин повесил трубку.

— Федя Кочкин идёт спасать профессора Трубочкина, — сказал редактор.

— А что же делать нам? — спросил писатель Колпаков.

— Пока нам придётся только ждать.

* 1 *[1]

Редактор схватил со стола первый попавшийся конверт, вынул из него бумажку и прочёл вслух:

> Дорогой профессор Трубочкин! Я и мой приятель Миша Баранкин купались вчера в реке и вдруг увидели под водой живую курицу. Что бы это могло быть?

— Ну что? — сказал редактор. — Можете ответить на этот вопрос?

— Может быть, это действительно была курица? — сказал писатель Колпаков.

Редактор махнул рукой.

— Нет, посмотрим другой вопрос, — сказал редактор.

Художник Тутин распечатал другой конверт и прочёл:

> Товарищ профессор Трубочкин! сколько нужно взять красных и синих воздушных шариков, чтобы они подняли меня на воздух?
>
> **Женя Перов.**

---

1 Собраны фрагменты текста про Трубочкина из журнала «Чиж» и из черновиков (номера со звездочками).

— Ну, — сказал редактор, — кто может ответить на этот вопрос? Я лично не могу.

— Я тоже, — сказал писатель Колпаков.

— И я тоже не могу, — сказал художник Тутин.

— Тогда что же делать без профессора Трубочкина?

В редакцию вошёл курьер и принёс ещё пачку конвертов.

— Профессору Трубочкину! — сказал курьер и ушёл.

* 2 *

Профессор Трубочкин в опасности

Профессор Трубочкин знает всё. Но есть один человек, который считает, что профессор Трубочкин ничего не знает. Этот человек Софрон Бобов. (Себя он называет великаном Бобовым. Действительно он очень высокого роста и очень сильный). Вот портрет Софрона Бобова, нарисованный художником Тутиным. Как видите, портрет очень не ясный, но это потому, что у художника Тутина, когда он рисовал Софрона Бобова, очень тряслись руки. А руки у Тутина тряслись потому, что Софрон Бобов мог каждую минуту разорвать верёвки.

* 3 *

Я, писатель Колпаков, хожу теперь с повязанной головой. Я уже два месяца не брился, пятнадцать ночей не спал и десять дней не обедал. Я бегал по всему Ленинграду и разыскивал профессора Трубочкина. Но я его не нашёл. Профессор Трубочкин пропал. Зато вчера мне удалось отыскать великана Бобова. Оказалось, что Бобов совсем не великан. Даже я выше его ростом. Но зато Бобов обладает страшным голосом. Когда я спросил его: «где профессор Трубочкин?», Бобов начал мне что-то объяснять, но с таким грохотом, что я ничего не понял. Сначала у меня зазвенело в ушах и закружилось в голове, а потом вдруг стало совсем тихо. Я видел, как Бобов открывал и закрывал рот, и как от этого дрожит на столе посуда, качается на потолке лампа и лежащая на полу катушка с нитками то закатывается под диван, то опять выкатывается из-под дивана обратно. Тогда я понял, что я оглох. Я выскочил на улицу, сел в трамвай и поехал в редакцию. В трамвае передо мной стоял какой-то человек. Я спросил его: «Вы сейчас выходите?» Он мне ничего не ответил. Я подождал немного и спросил опять: «Вы сейчас выходите?» Он опять ничего мне не ответил. Тогда я сказал очень громко: «Да вы выходите сейчас или нет?» Человек повернул ко мне голову и, молча глядя мне в глаза, восемь раз открыл и закрыл рот. Тут я обозлился и закричал на весь вагон: «Да вы выходите или нет!» Вдруг все повернули ко мне головы и стали молча открывать и закрывать рты и махать руками. Тогда я вспомнил, что я ведь оглох. Я поскорее слез с трамвая и пешком пошёл в ушиную лечебницу. Доктор долго ковырял чем-то у меня в ушах, а потом забинтовал мне всю голову. Теперь я хожу с повязанной головой и ничего не слышу. Но где профессор Трубочкин!? Если кто услышит что-нибудь о профессоре Трубочкине, то пусть немедленно сообщит об этом по адресу: Ленинград, Дом Книги, Редакция журнала «Чиж», писателю Колпакову.

* 4 *

Профессор Трубочкин лежал на полу, связанный по рукам и ногам толстой верёвкой. Рядом на табурете сидел очень толстый человек и курил трубку. Это был великан Бобов.

Великанов нет, есть только очень высокие люди. А Бобов даже не был очень высоким человеком. Но сам себя он называл великаном.

— Ты, профессор Трубочкин, знаешь всё, — говорил великан Бобов. — А я ничего не знаю. Почему это так?

— Потому что ты лентяй. Вот почему ты ничего не знаешь, — сказал профессор Трубочкин. — А я знаю так много, потому что я всё время что-нибудь изучаю. Вот даже сейчас, я лежу связанный, разговариваю с тобой, а сам в голове повторяю таблицу умножения.

— Ох, эта таблица умножения! — сказал великан Бобов. — Сколько я её ни учил, так и не мог выучить.

Одиножды один — четыре! Это я ещё запомнил, а уж зато больше ничего в голове не осталось!

— Да, наука легко не даётся...

III

Секретное письмо

> Я, писатель Колпаков, получил сейчас телеграмму от Феди Кочкина. Федя сообщает, что он нашел профессора Трубочкина и великана Бобова, и послезавтра приведет их в редакцию. Я сказал об этом только художнику Тутину. Больше об этом никто ничего не знает. Вы, ребята, тоже молчите, никому не говорите, что скоро профессор Трубочкин придет в редакцию. Вот-то все удивятся! А я вам в 12-м номере «Чижа» расскажу, как все произошло.

Писатель Колпаков

IV

В редакции «Чижа» был страшный беспорядок. На столах, на стульях, на полу и на подоконниках лежали кучи писем с вопросами читателей к профессору Трубочкину.

Редактор сидел на тюке писем, ел булку с маслом и раздумывал, — как ответить на вопрос: «почему крокодил ниже бегемота?»

Вдруг в коридоре раздался шум, топот, дверь распахнулась — и в редакцию вбежали писатель Колпаков и художник Тутин.

— Ура! Ура! — крикнул художник Тутин.

— Что случилось?

Тут дверь опять отворилась и в редакцию вошел мальчик в серой курточке.

— Это еще кто такой? — удивился редактор.

— Ура-а! — вскричали Колпаков и Тутин.

На шум в редакцию Чижа собрались люди со всего издательства. Пришли: водопроводчик Кузьма, и типограф Петров, и переплетчик Рындаков, и уборщица Филимонова, и лифтер Николай Андреич, и машинистка Наталья Ивановна.

— Что случилось? — кричали они.

— Да что же это такое? — кричал редактор.

— Ура-а! — кричал мальчик в серой курточке.

— Ура-а! — подхватили писатель Колпаков и художник Тутин.

Никто ничего не мог понять.

Вдруг в коридоре что-то стукнуло раза четыре, что-то хлопнуло, будто выстрелило, и согнувшись, чтобы пролезть в дверь, вошел в редакцию человек такого огромного роста, что, когда он выпрямился, голова его почти коснулась потолка.

— Вот и я, — сказал этот человек таким страшным голосом, что задребезжали стекла, запрыгала на чернильнице крышка и закачалась лампа.

Машинистка Наталья Ивановна вскрикнула, переплетчик Рындаков спрятался за шкап, раздевальщик Николай Андреич почесал затылок, а редактор подошел к огромному человеку и сказал:

— Кто вы такой?

— Кто я такой? — переспросил огромный человек таким громким голосом, что редактор зажал уши и замотал головой.

— Нет, уж вы лучше молчите! — крикнул редактор.

В это время в редакцию вошел коренастый человек, с черной бородкой и блестящими глазами. Одет он был в кожаную куртку, на голове его была кожаная фуражка.

Войдя в комнату, он снял фуражку и сказал:

— Здравствуйте.

— Смотрите-ка! — крикнул типограф Петров, — его портрет был помещен в седьмом номере «Чижа».

— Да ведь это профессор Трубочкин! — крикнула уборщица Филимонова.

— Да, я профессор Трубочкин, — сказал человек в

кожаной куртке. — А это мой друг великан Бобов, а этот мальчик — мой помощник, Федя Кочкин.

— Ура! — крикнул тогда редактор.

— Я был у великана Бобова, — сказал профессор. — Два месяца подряд мы вели с ним научный спор о том, кто сильнее: лев или тигр. Мы бы еще долго спорили, но пришел Федя Кочкин и сказал нам, что читатели «Чижа» ждут ответов на свои вопросы.

— Давно ждут, — сказал редактор и показал рукой на груды открыток и конвертов, больших пакетов и маленьких записок. — Видите, что у нас тут делается. Это все вопросы от наших читателей.

— Ну, теперь я на все отвечу, — сказал профессор Трубочкин. — Бобов, собери, пожалуйста, все эти конверты и бумажки, и снеси их, пожалуйста, ко мне на дом, пожалуйста.

Бобов засучил рукава, достал из кармана канат, связал из писем и пакетов четыре огромных тюка, взвалил их себе на плечи и вышел из редакции.

— Ну вот, — сказал профессор Трубочкин, — тут осталось еще штук двести писем. На эти я отвечу сейчас.

Профессор Трубочкин сел к столу, а Федя Кочкин стал распечатывать письма и класть их стопочкой перед профессором. Федя Кочкин делал это так быстро, что у всех присутствующих закружились головы, и они вышли из редакции в коридор.

Последним вышел редактор.

— Ура! — сказал редактор. — Теперь все наши читатели получат ответы на свои вопросы.

— Нет, не все, — сказали писатель Колпаков и художник Тутин, —

**А ТОЛЬКО ТЕ,
КТО ПОДПИШЕТСЯ
НА «ЧИЖ»
НА
1934 ГОД.**

1933

Профессор Трубочкин и ребята

Профессор Трубочкин, входя:
 Здравствуйте, ребята!
 Здравствуйте, ребята!
 Здравствуйте, ребята!
Ребята:
 Здрасте, профессор!
 Здрасте, профессор!
 Здрасте, профессор!
Профессор:
 Давно мы не встречались,
 давно мы не видались,
 давно не попадались
 друг другу на глаза.
 Был я во Франции,
 был я в Италии,
 был и в Америке,
 был и подалее.
 Землю четырежды
 объехал вокруг,
 я знаменитый
 профессор наук.
Ребята:
 Расскажите нам об этом,
 расскажите нам о том,
 расскажите, расскажите,
 расскажите обо всём.
Профессор:
 Тихо, тихо, тихо, тихо!
 Не шуметь и не кричать!
 Задавайте мне вопросы,
 я вам буду отвечать.
Ребята:
 Что такое бегемот?
 Как построен цеппелин?
 Где у гусеницы рот?
 Отчего горит бензин?
 Почему летает муха?

Почему жужжит комар?
Почему в пустыне сухо?
Почему земля как шар?
Профессор:
Прекратите этот крик!
Я профессор и старик,
я с галдёжем не в ладу,
я от крика упаду.
Ребята:
Тихо!
Тихо!
Тихо!
Ша!
Профессор:
Я сижу едва дыша!
Вьётся кончик бороды,
дайте мне стакан воды.

1933

Неоконченный вариант

Профессор Трубочкин, входя:
Здравствуйте ребята!
Здравствуйте ребята!
Здравствуйте ребята!
Ребята:
Здрасте профессор!
Здрасте профессор!
Здрасте профессор!
Профессор Трубочкин:
Давно мы не видались!
Давно мы не видались!
Давно мы не видались.
Ребята:
А где ж вы это были?
А где ж вы пропадали?
Откуда вы пришли?

Профессор Трубочкин:
 Был я в Америке
 был я в Австралии
 плавал я по морю
 лазал я на горы.
 Был я в Америке
 был и в Австралии
 был и на Северном полюсе
 На дно морское опускался
 с фонариком в руках
 на дирижабле поднимался
 и был на облаках
 я видел птичьи гнёзда,
 что в пору и слону
 Смотрел в трубу на звёзды
 на звёзды и луну.
 Я слышал пенье пташек
 Смотрел как дышит клоп
 рассматривал букашек
 в огромный микроскоп

20 сентября 1933 года

Забыл, как называется

Один англичанин никак не мог вспомнить, как эта птица называется.

— Это, — говорит, — крюкица. Ах нет, не крюкица, а кирюкица. Или нет, не кирюкица, а курякица. Фу ты! Не курякица, а кукрикица. Да и не кукрикица, а кирикрюкица.

Хотите я вам расскажу рассказ про эту крюкицу? То есть не крюкицу, а кирюкицу. Или нет, не кирюкицу, а курякицу. Фу ты! Не курякицу, а кукрикицу. Да не кукрикицу, а кирикрюкицу! Нет, опять не так! Курикрятицу? Нет, не курикрятицу! Кирикрюкицу? Нет опять не так!

Забыл я, как эта птица называется. А уж если б не забыл, то рассказал бы вам рассказ про эту кирикуркукукрекицу.

53

«У одной маленькой девочки…»

У одной маленькой девочки начал гнить молочный зуб. Решили эту девочку отвести к зубному врачу, чтобы он выдернул ей её молочный зуб.

Вот однажды стояла эта маленькая девочка в редакции, стояла она около шкапа и была вся скрюченная.

Тогда одна редакторша спросила эту девочку, почему она стоит вся скрюченная, и девочка ответила, что она стоит так потому, что боится рвать свой молочный зуб, так как должно быть, будет очень больно. А редакторша спрашивает:

— Ты очень боишься, если тебя уколют булавкой в руку?

Девочка говорит:

— Нет.

Редакторша уколола девочку булавкой в руку и говорит, что рвать молочный зуб не больнее этого укола. Девочка поверила и вырвала свой нездоровый молочный зуб.

Можно только отметить находчивость этой редакторши.

6 января 1937

Хвастун Колпаков

Жил однажды человек по имени Фёдор Фёдорович Колпаков.

— Я, — говорил Фёдор Фёдорович Колпаков, — ничего не боюсь! Хоть в меня из пушки стреляй, хоть меня в воду бросай, хоть меня огнём жги — ничего я не боюсь! Я и тигров не боюсь, и орлов не боюсь, и китов не боюсь и пауков не боюсь, — ничего я не боюсь!

Вот однажды Фёдор Фёдорович Колпаков стоял на мосту и смотрел, как водолазы в воду опускаются. Смотрел, смотрел, а потом, когда водолазы вылезли из воды и сняли свои водолазные костюмы, Фёдор Фёдорович не утерпел и давай им с моста кричать:

— Эй, — кричит, — это что! Я бы ещё и не так мог! Я ничего не боюсь! Я и тигров не боюсь, и орлов не боюсь, и китов не боюсь и пауков не боюсь, — ничего я не боюсь! Хоть меня огнём жги, хоть в меня из пушки стреляй, хоть меня в воду бросай — ничего я не боюсь!

— А ну-ка, — говорят ему водолазы, — хочешь попробовать в воду спуститься?

— Зачем же это? — говорит Фёдор Фёдорович и собирается прочь уйти.

— Что, брат, струсил? — говорят ему водолазы.

— Ничего я не струсил, — говорит Фёдор Фёдорович, — а только чего же я под воду полезу?

— Боишься! — говорят водолазы.

— Нет, не боюсь! — говорит Фёдор Фёдорович Колпаков.

— Тогда надевай водолазный костюм и полезай в воду.

Опустился Фёдор Фёдорович Колпаков под воду. А водолазы ему сверху в телефон кричат:

— Ну как, Фёдор Фёдорович? Страшно?

А Фёдор Фёдорович им снизу отвечает:

— Няв... няв... няв...

— Ну, — говорят водолазы, — хватит с него.

Вытащили они Фёдора Фёдоровича из воды, сняли с него водолазный костюм, а Фёдор Фёдорович смотрит вокруг дикими глазами и всё только «няв... няв... няв...», говорит.

— То-то, брат, зря не хвастай, — сказали ему водолазы и ссадили его на берег.

Пошёл Фёдор Фёдорович Колпаков домой и с тех пор больше никогда не хвастал.

1934

Храбрый ёж

Стоял на столе ящик.

Подошли звери к ящику, стали его осматривать, обнюхивать и облизывать.

А ящик-то вдруг — раз, два, три — и открылся.

А из ящика-то — раз, два, три — змея выскочила.

Испугались звери и разбежались.

Один ёж не испугался, кинулся на змею и — раз, два, три — загрыз её.

А потом сел на ящик и закричал: «Кукареку!».

Нет, не так! Ёж закричал: «Ав-авав!».

Нет, и не так! Ёж закричал: «Мяу-мяумяу!».

Нет, опять не так! Я и сам не знаю как.

Кто знает, как ежи кричат?

1935

Рыбий жир

Одного мальчика спросили:

— Слушай, Вова, как ты можешь принимать рыбий жир? Это же так невкусно.

— А мне мама каждый раз, как я выпью ложечку рыбьего жира, дает гривенник, — сказал Вова.

— Что же ты делаешь с этим гривенником? — спросили Вову.

— А я кладу его в копилку, — сказал Вова.

— Ну, а потом что же? — спросили Вову.

— А потом, когда у меня в копилке накапливается два рубля, — сказал Вова, — то мама вынимает их из копилки и покупает мне опять бутылку рыбьего жира.

сер. 1930-х

17 лошадей

У нас в деревне умер один человек и оставил своим сыновьям такое завещание:

Старшему сыну оставляю 1/2 своего наследства, среднему сыну оставляю 1/3 своего наследства, а младшему сыну оставляю 1/9 своего наследства.

Когда этот человек умер, то после его смерти осталось всего только 17 лошадей и больше ничего. Стали сыновья 17 лошадей между собой делить.

«Я, — сказал старший, — беру 1/2 всех лошадей. Значит 17:2 это будет 8 1/2».

— «Как же ты 8 1/2 лошадей возьмешь? — спросил средний брат. — Не станешь же ты лошадь на куски резать?»

— «Это верно, — согласился с ним старший брат, — только и вам своей части не взять. Ведь 17 ни на 2, ни на 3, ни на 9 не делится!»

— «Так как же быть?»

— «Вот что, — сказал младший брат, — я знаю одного очень умного человека, зовут его Иван Петрович Рассудилов, он-то нам сумеет помочь».

— «Ну что ж, зови его», — согласились два другие брата.

Младший брат ушел куда-то и скоро вернулся с человеком, который ехал на лошади и курил коротенькую трубочку. «Вот, — сказал младший брат, — это и есть Иван Петрович Рассудилов».

Рассказали братья Рассудилову свое горе. Тот выслушал и говорит: «Возьмите вы мою лошадь, тогда у вас будет 18 лошадей и делите спокойно». Стали братья 18 лошадей делить.

Старший взял 1/2 — 9 лошадей,
средний взял 1/3 — 6 лошадей, а
младший взял 1/9 — 2 лошади.

Сложили братья своих лошадей вместе. 9+6+2, получилось 17 лошадей. А Иван Петрович сел на свою 18-ю лошадь и закурил свою трубочку.

«Ну что, довольны?» — спросил он удивленных братьев и уехал.

1928

«Друг за другом»

К нам в редакцию пришел человек в мохнатой шапке, в валеных сапогах и с огромной папкой под мышкой.

— Что вам угодно? — спросил его редактор.

— Я изобретатель. Моя фамилия Астатуров, — сказал

вошедший. — Я изобрел новую детскую игру. Называется она «Друг за другом».

— Покажите, — сказал редактор.

Изобретатель развернул папку, достал из нее картон и разложил его на столе. На картоне было нарисовано 32 квадрата: 16 желтых и 16 синих. Изобретатель достал из папки 8 картонных фигурок и поставил их перед доской.

— Вот, — сказал изобретатель, — видите восемь фигурок: четыре желтых и четыре синих. Называются они так: первая фигура изображает корову и называется «корова».

— Простите, — сказал редактор, — но ведь это не корова.

— Это не важно, — сказал Астатуров. — Вторая фигура — самовар и называется «самовар», третья — паровоз и называется «паровоз», четвертая человека и называется «врач», желтые и синие фигуры совершенно одинаковы.

— Позвольте, — сказал редактор, — но желтый врач совсем не похож на синего.

— Это не важно, — сказал Астатуров, — сейчас я вам объясню, как надо играть в эту игру. Играют двое. Сначала они расставляют фигуры по местам. Желтые фигуры на желтые квадраты, синие — на синие.

— Что же дальше? — спросил редактор.

— Дальше, — сказал Астатуров, — игроки начинают двигать фигуры. Первый — желтый самовар, второй — синий самовар. Постепенно фигуры идут навстречу друг другу и, наконец, меняются местами.

— А что же дальше? — спросил редактор.

— Дальше, — сказал Астатуров, — фигуры идут обратно в том же порядке.

— Ну и что же? — спросил редактор.

— Всё, — торжествующе сказал Астатуров.

— Поразительно глупая игра, — сказал редактор.

— То есть как глупая? — обиделся изобретатель.

— Да к чему же она? — спросил редактор.

— Для времяпровождения, — сказал изобретатель Астатуров. Мы не выдержали и рассмеялись.

— Смеетесь, — сказал Астатуров, сердито собирая со стола фигуры и доску, — и без вас обойдусь. Пойду в Комитет по делам изобретений.

Астатуров хлопнул дверью и вышел.

— Товарищи, — сказал редактор, — хорошо бы сходить кому-нибудь из нас в Комитет по делам изобретений. Надо думать, что среди очень ценных изобретений попадаются и смешные. Ведь мы можем дать в журнал рассказ о таких же веселых изобретателях, как изобретатель Астатуров. Кто хочет идти?

— Я, — сказал я.

— Так идите же скорей, сейчас же, — крикнул редактор. — Кстати, узнайте об изобретателях вообще.

Я пришел в Комитет по делам изобретений при ВСНХ. Меня провели к сотруднику патентного отдела.

— Что вам угодно? — спросил сотрудник патентного отдела.

— Мне бы хотелось узнать, что надо изобретателю, чтобы делать значительные и полезные изобретения, — сказал я.

— Раньше всего, — сказал сотрудник, — давайте решим, что мы будем считать полезным и значительным изобретением, — с этими словами он порылся в кипе бумаг, которые лежали по всей комнате, достал две бумажки и сказал:

— Я прочту вам две заявки на изобретения, поданные двумя изобретателями. Выслушайте их и скажите, какое из этих изобретений для нас более важное и полезное.

Я сел и приготовился слушать.

— Вот, — сказал сотрудник, — первое изобретение: изобретатель Лямзин. Изобретение называется «Солнцетермос».[1] Изобретение состоит вот в чем: «два шара из стекла, один внутри другого, помещаются на высокой мачте. Устройство дает на весь мир ослепительный свет, от которого можно укрыться только

_____

1 Все указанные изобретения действительно были поданы в Комитет по делам изобретений при ВСНХ. N заявки на «Солнцетермос» 2767 (прим. авт.).

плотными шторами». Теперь слушайте второе изобретение. Изобретатель Серебряков. Он изобрел способ производства картона из отбросов бумаги, опилок, древесной коры и мха.

— Конечно, — сказал я, — важнее и полезнее «Солнцетермос».

— Вы ошибаетесь, — сказал сотрудник. — Изобретение Серебрякова для нас и важнее и полезнее «Солнцетермоса».

— Почему? — удивился я.

— Очень просто, — ответил сотрудник. — «Солнцетермос» может быть и замечательная штука, но, во-первых, — оно не осуществимо, так как оно совершенно не подтверждено наукой, а во-вторых, оно нам сейчас и не нужно вовсе, тогда как производство картона из отбросов, если оно будет применено во всей бумажной промышленности, даст нам в год 23 миллиона рублей экономии, или — такое незначительное на вид изобретение, как золотник для паровоза, изобретенный Тимофеевым, даст нам в год экономии в пять миллионов рублей.

— Что же надо изобретателю, — сказал я, — чтобы дать полезные и нужные изобретения?

— Во-первых, — сказал сотрудник патентного отдела, — изобретателю надо много учиться. Мы часто видим у изобретателей стремление разрешить крупные задачи без достаточной для этого научной подготовки. — Во-вторых, — продолжал сотрудник, — изобретатель должен знать все, что сделано в его области до него, не то он может запоздать со своим изобретением лет на 50. Один изобретатель изобрел двухконечные спички, которые можно зажигать с двух концов. Изобретатель имел благую цель — экономию древесного материала. Но его труды пропали даром.

— Почему? — спросил я.

— Потому что такие спички изобрели уже в Германии 20 лет тому назад, — ответил сотрудник. — В-третьих, всякое изобретение должно быть экономно. Один человек изобрел способ механической разводки пилы. Способ сложный и дорогой. А к чему он? Разводка пилы от руки и проще, и удобней, и дешевле. Наконец, всякое изобретение должно быть разумно. К нам в год поступает свыше 20 000 заявок на изобретения. Среди очень ценных и полезных изобретений попадается немало изобретений вздорных и нелепых.

— Вот как раз это второе, о чем я хотел вас расспросить, — сказал я сотруднику патентного отдела.

— Кое-что я вам могу рассказать, — сказал сотрудник, — слыхали вы о таком Мясковском?

— Нет, — сказал я, — не слыхал.

— Замечательный человек этот Мясковский, — сказал сотрудник, — к нам от него поступает множество бесполезных и нелепых изобретений. Вот одно из них.

Сотрудник порылся в папках, нашел бумажку и прочел:

«Зонтик для работающих в поле. Делается он так: на деревянные стойки натягивается полотно. Стойки ставятся на колеса. Ты работаешь на поле и по мере работы на другом месте передвигаешь за собой палатку».

— Да зачем же это надо? — спросил я.

— То-то и оно-то, что не надо, — сказал сотрудник. — А вот вам изобретение другого такого же изобретателя: «способ раскроя платья: животное (изобретатель, по-видимому, подразумевает шкуру убитого животного) рубят на две части. Срезывается шея и хвост и получаются два пиджака. Один из них со стоячим воротником». Портных не надо, — сказал сотрудник, — а вот вам новый способ самосогревания.

— Какой же это способ, — спросил я.

— Способ простой, — ответил сотрудник, — проще быть не может.

Он достал другую бумажку и прочел: «Способ самосогревания: дыши себе под одеяло, и тепло изо рта будет омывать тело. Одеяло же сшей в виде мешка.»

Я захохотал.

— Это еще что, — сказал сотрудник, улыбаясь, — тут нам один человек принес способ окраски лошадей.

— Зачем же их красить, — спросил я.

— Ясно, что ни к чему, — сказал сотрудник, — но вы послушайте способ окраски: «чтобы окрасить лошадь в другой цвет, надо связать ей передние и задние ноги и опустить ее в чан с кипяченым молоком».

Я хохотал на всю комнату.

— Подождите, — крикнул сотрудник, — вы прочтите вот это объявление из американской газеты. Оно перепечатано в советском журнале «Изобретатель».

Я взял журнал и прочел следующее. «Ново? Небывало! Необходимо всем и каждому! Прибор, помещающийся на голове, при помощи которого шляпа снимается автоматически. Достаточно небольшого наклона головы, чтобы шляпа приветственно поднялась вверх. Незаменимо, когда обе руки заняты чемоданами».

Едва я успел дочитать до конца, как в комнату ворвался человек.

— Я опять к вам, — крикнул он сотруднику патентного отдела.

На лице сотрудника выразился испуг. Я оглянулся и увидел человека в мохнатой шапке, в валеных сапогах и с огромной папкой под мышкой. Я сразу узнал его — это был Астатуров. Но Астатуров, не замечая меня, подлетел к столу, разложил папку и крикнул:

— Я изобрел новую детскую игру «Друг за другом». Хочу получить на нее патент. Сейчас я вам ее покажу.

— Да это и не надо, — сказал сотрудник. — Вы подайте заявку на патент и напишите объяснение.

Но Астатуров не слушал сотрудника, он уже расставил фигуры по местам и объяснял.

— Первая фигура изображает корову и называется «корова». Вторая — самовар и называется «самовар», третья — паровоз и называется «паровоз», четвертая человека и называется «врач».

— Хорошо, — сказал сотрудник, — но вы подайте письменное заявление.

Астатуров продолжал.

— Игроки начинают играть: первый игрок передвигает желтую корову, второй передвигает синюю, первый — желтый самовар, второй — синий… Постепенно фигуры идут навстречу друг другу, и, наконец, меняются местами...

— Да вы подайте же заявление, — перебил Астатурова сотрудник патентного отдела.

— Слушайте дальше, — кричал Астатуров, — переменявшись местами, фигуры идут обратно в том же порядке.

— Ну и что же? — спросил сотрудник.

— Всё, — торжествующе сказал Астатуров.

— Да какая же это игра? — сказал сотрудник патентного отдела. Но тут я не выдержал и рассмеялся.

— Смеетесь, — крикнул Астатуров, — и без вас обойдусь.

Он схватил свою шапку и выбежал из комнаты. Я кинулся следом за ним. Астатуров промчался по двум-трем улицам, и я видел, как он завернул в большой магазин детских игрушек.

Я постоял немного на улице, а потом не вытерпел и заглянул в магазин.

Астатуров стоял перед прилавком и говорил:

— Третья фигура паровоз и называется «паровоз», четвертая — человек и называется «врач».

1930

Как Маша заставила осла везти ее в город

Вот осел везет таратайку, а в таратайке едет Маша. Светит солнце. На деревьях растут яблоки.

Вдруг осел остановился.

Маша сказала ослу: «Ну, пожалуйста. Поезжай в город». А осел помахал хвостом и остался стоять на месте.

Маша показала ослу кнут и сказала: «Посмотри, что у меня есть». Но осел только пошевелил ушами и остался стоять на месте.

Тогда Маша выпрягла осла из таратайки. И опять запрягла его в таратайку, но только хвостом вперед.

Потом Маша достала ножницы и срезала у осла кусочек гривы. Осел с удивлением смотрел на Машу.

Маша села опять в таратайку и, сделав из гривы усы и бороду, наклеила их себе на лицо.

Осел вытаращил глаза и в ужасе начал пятиться.

Осел пятился и тащил за собой таратайку. И вот, таким образом, Маша и приехала в город.

1934

Заяц и ёж

Однажды ёж оступился и упал в реку. Вода в реке была холодная и ёж очень озяб. Хотел ёж на солнце погреться, а погода была пасмурная, солнце было покрыто облаками.

Сел ёж на полянку и стал ждать, когда солнце из-за облаков выглянет.

Сидит ёж на полянке. С него вода капает. Холодно ему.

Вдруг видит — бежит по полянке заяц.

— Эй, заяц! — крикнул ёж. — Пойди-ка сюда!

Подошёл заяц к ежу и говорит:

— Ты чего меня звал?

— Вот, — говорит ёж, — я давно хотел с тобой поговорить. Все говорят, что ты трус. Как тебе не стыдно?

— Да ты что? — удивился заяц. — Зачем же ты меня обижаешь?

— Потому, — сказал ёж, — что ты трус и я хочу научить тебя, как храбрым стать.

— Я и без твоей помощи очень храбрый, — сказал заяц. — Я и так ничего не боюсь.

— Нет, — сказал ёж, — ты трус, а вот я...

Ёж вдруг замолчал, открыл рот, закрыл глаза и поднял голову.

Заяц посмотрел на ежа и испугался.

— Что это с ним? — подумал заяц. — Он, должно быть, сумасшедший!

Заяц прыгнул в сторону и спрятался в кусты.

А ёж дернул головой и вдруг чихнул: апчхи! Потом ёж вытер лапкой нос, открыл глаза, посмотрел и видит: нету зайца.

— Вот так штука? — сказал ёж. — Куда же это он пропал? Эй, заяц, где ты?

А заяц сидит за кустом и молчит.

Ёж собрался домой пойти, но вдруг остановился, закрыл глаза, открыл рот, сначала немного, потом пошире, потом ещё шире и вдруг мотнул головой в сторону и громко чихнул: апчхи!

— Будьте здоровы! — сказал кто-то около ежа. Ёж открыл глаза и увидел перед собой зайца.

— Где ты был? — спросил его ёж.

— Как, где был? — сказал заяц. — Нигде не был. Так всё тут и стоял.

— Не может быть, — сказал ёж, — я тебя не видел. Я тебя даже крикнул, а ты...

Ёж вдруг замолчал, вытянул вперёд свой нос, потом поднял его кверху, потом поднял его ещё выше, потом ещё выше, потом зажмурил глаза, поднял нос ещё выше и вдруг опустил его к самой земле и громко чихнул: апчхи!

— У меня, кажется, начинается насморк, — сказал ёж, открывая глаза. И вдруг увидел, что заяц опять исчез.

Еж посмотрел кругом и почесал лапкой затылок.

— Нет, — сказал ёж. — Этот заяц просто... ап... ап... апчхи! — чихнул еж.

— Исполнение желаний! — сказал кто-то около ежа.

Ёж открыл глаза и увидел зайца.

— Да что же это такое? — сказал ёж, пятясь от зайца.

— А что? — спросил заяц.

— Послушай, — сказал ёж, — ты всё время был тут?

— Да, — сказал заяц, — я всё время тут стоял.

— Тогда я ничего не понимаю! — сказал ёж. — То ты исчезаешь, то опять... ап... ап... ап... апчхи!

Ёж осторожно открыл один глаз, но сейчас же закрыл его и открыл другой. Зайца не было.

— Он опять исчез! — сказал тихо ёж, открывая оба глаза. — Это не заяц, а просто... ап... ап... ап... апчхи!

— Будьте здоровы! — сказал заяц над самым ухом ежа.

— Караул! Спасите! — закричал ёж, сворачиваясь шариком и выставляя во все стороны свои острые иголки.

— Ты чего кричишь? — спросил заяц.

— Отстань! — закричал ёж. — Я на тебя смотреть боюсь! Ты всё время исчезаешь! Я ничего не понимаю! Уходи прочь!

— Подожди, — сказал заяц, — ты хотел научить меня как храбрым стать.

И с этими словами заяц опять прыг в кусты.

— Чтобы стать храбрым, — сказал ёж, высовывая мордочку, но вдруг увидел, что заяц опять исчез.

— Ай-ай-ай! Опять... апчхи! опять исчез! — закричал ёж и кинулся бежать.

Бежит ёж, остановится, чихнёт и дальше бежит. Чихнёт и опять бежит. А заяц выскочил из кустов и давай смеяться.

— Ха-ха-ха! — смеется заяц. — Вот храбрец нашёлся! меня храбрости учить хотел! Ха-ха-ха!

Вот какую историю рассказал мне мой знакомый дрозд.

Он сам это всё видел. Потому что невдалеке на дереве сидел.

Середина 1930-х

«Жила-была собака...»

Жила-была собака. Звали собаку Бу бу бу.

Закричишь: «Бу бу бу!» — и собака из-под кровати выбежит, то со стола соскочит, то из-под дивана вылезет.

Вот перед вами семь картинок. Посмотрите и скажите, на каких картинках собака есть, а на каких картинках собаки нет. И пока собаку на картинках ищете, то, чтобы скорее её найти, зовите потихонечку: «Бу бу бу! Бу бу бу!»

Про собаку Бубубу

Жила была очень умная собака. Звали ее Бубубу.

Она была такая умная, что умела даже рисовать.

И вот однажды она нарисовала картину. Но никто не

мог понять, что было на картине нарисовано.

Прибежала Мышка-Малышка, посмотрела на картинку, понюхала раму и сказала:

— Нет, я не знаю, что на картине нарисовано. Может быть, сыр, пи-пи-пи! А может быть — свечка, пю-пю-пю?

Пришел петух Ерофей. Встал на цыпочки, посмотрел на картину и сказал:

— Нет, я не знаю, что на картине нарисовано. Может быть, это пшенная каша, ку-ка-ре-ку! А может быть — это деревянное корыто, ре-ку-ка-ре!

Пришла Уточка-Анюточка. Посмотрела на картину с одного бока и сказала:

> Кря-кря-кря!
> Это завитушка,
> Кря-кря-кря!
> Может быть, лягушка.

А потом посмотрела на картину с другого бока и сказала:

> Кря-кря-кря!
> Это не лягушка.
> Кря-кря-кря!
> Это завитушка!

Прибежала обезьяна Марья Тимофеевна, почесала бок, посмотрела на картину и сказала:

— Бал-бал-бал-бал.
Бол-бол-бол-бол.

— Эй! — крикнули обезьяне, — говори понятнее!
А она опять:

— Лок! вок! мок! рок!
Лук! Лак! Лик! Лек!

— А ну тебя! — крикнули обезьяне. — Непонятно ты говоришь!

А обезьяна почесала ногой затылок и убежала.

Наконец, пришел знаменитый художник Иван Иваныч Пнёв. Он долго ерошил волосы и смотрел на картину и наконец сказал:

— Нет, никто не знает, что нарисовано на картине, и я не знаю.

Тут вышла умная собака Бубубу, взглянула на свою картину и закричала:

— Ах-ах! Ав-ав! Да ведь картина-то повернута к вам не той стороной. Ведь вы смотрите на заднюю сторону картины. Вот смотрите!

И с этими словами собака Бубубу повернула картину.

Картина была такая замечательная, что мы решили напечатать ее в 1-м номере журнала «Чиж» 1936 года.

1935

«В прошлом году я был на ёлке...»

В прошлом году я был на ёлке у своих приятелей и подруг. Было очень весело.

На ёлке у Яшки —
играл в пятнашки,
на ёлке у Шурки —
играл в жмурки,
на ёлке у Нинки —
смотрел картинки,
на ёлке у Володи —
плясал в хороводе,
на ёлке у Лизаветы —
ел шоколадные конфеты,
на ёлке у Павлуши —
ел яблоки и груши.
А в этом году пойду на ёлку в школу —
там будет ещё веселее.

Ваня Мохов

1935?

Ломка костей

Был у меня приятель. Звали его Василий Петрович

Иванов. В 10 лет он был уже ростом со шкаф, а к 15 годам он и в ширину так раздался, что стал на шкаф походить.

Мы с ним вместе в одной школе учились. В школе его так и звали «шкафом». Очень он был огромный.

И сила была в нем страшная. Мы на него всем классом нападали, а он нас, как щенят, раскидает в разные стороны, а сам стоит посередине и смеется.

Вышел однажды такой случай. Устроили мы в школе вечерний спектакль. И вот, во время самого спектакля, понадобилось зачем-то на сцену поставить кафедру. Кафедру надо было принести из класса, кафедра тяжелая, ну, конечно, обратились к Васе за помощью.

А надо сказать, что во всех классах лампочки были вывернуты, чтобы освещать зал и сцену. А потому в классах было темно.

Вася кинулся за кафедрой в класс, да в темноте вместо кафедры ухватился за печь, выломал ее из стены и выворотил в коридор. Потом пришлось этот класс ремонтировать и новую печь ставить. Вот какой сильный был мой приятель Вася Иванов.

Окончить школу Васе не удалось. К учению он был мало способен и сколько ни учился, так и не мог запомнить, сколько будет семью шесть. Память у него была плохая и сообразительность медленная.

Я из IV класса в V перешел, а Вася на второй год в IV остался. А потом и вовсе из школы ушел и уехал с родителями в Японию.

Вот в Японии-то с ним и произошел случай, о котором я хочу рассказать.

Приехал Вася с родителями в Японию. Родители решили Васю на какую-нибудь службу пристроить. Но служба не подыскивается. Разве если только грузчиком. Да уж очень это невыгодно.

Вот кто-то и сказал Васиным родителям: «Да вы, говорит, пристройте вашего сына борцом. Вон он какой у вас сильный. А японцы борьбу любят. Только они в этом деле большие мастера. Так что пусть ваш сын в их школе борцов поучится. И есть тут такая школа, где учитель японец, господин Курано, по-русски хорошо говорит. Так что вашему сыну там как раз удобно будет. Окончит школу и знаменитым борцом станет».

Обрадовались Васины родители.

— Где же, — говорят, — эта школа помещается?

— Там-то и там, — говорят им, — на такой-то японской улице.

Вот привели Васю родители в японскую школу борьбы. Вышел к ним старичок японец, маленький, желтенький, весь сморщенный, на сморчка похож, посмотрел на них и по-русски спрашивает:

— Вам кого, — спрашивает, — нужно?

— А нам, — говорят Васины родители, — нужно господина Курано, учителя японской борьбы.

Старичок японец посмотрел на Васю, ручки потер и говорит:

— Это я и есть Курано, мастер джиу-джитсу. А вы, я вижу, ко мне ученика привели.

— Ах! — говорят Васины родители, — вот он, наш сын. Научите его вашему искусству.

— Что ж, — говорит японский старичок, — видать, ваш сын довольно сильный молодой человек.

— О! — говорят Васины родители, — такой сильный, что просто ужас!

— Ну это, — говорит японский старичок, — еще не известно. А впрочем, если хотите, я могу взять его на испытание.

— Очень хотим, — говорят Васины родители. — Возьмите, пожалуйста.

И вот Вася остался на испытание у господина Курано, а Васины родители домой ушли.

— Идемте за мной, — сказал господин Курано и повел Васю за собой во внутренние комнаты.

Идет Вася за господином Курано и боится стену плечом задеть, чтобы дом не сломался, такой домик хрупкий, будто игрушечный.

Вот пришли они в комнату, устланную соломенными

ковриками. Стены тоже соломенными ковриками обиты. А в комнате ученики господина Курано занимаются: хватают друг друга за руки, на пол валятся, опять вскакивают и друг друга через голову перебрасывают.

Господин Курано постоял немного, посмотрел, что-то по-японски полопотал, руками помахал и опять к Васе по-русски обращается:

— Пусть, — говорит, — мои ученики дальше занимаются, а мы с вами пойдемте вон в ту отдельную комнату.

Вошли они в пустую комнату, тоже обитую соломенными ковриками.

— Ну, — сказал господин Курано, — вы знаете, что такое джиу-джитсу?

— Нет, — говорит Вася, — не знаю.

— А это, — говорит господин Курано, — и есть наша наука борьбы. По-русски слово джиу-джитсу значит «ломка костей», потому что мы такие приемы знаем, что действительно одним ударом ладони даже берцовую кость сломать можем. Только вы не бойтесь, я вам костей ломать не буду.

— Да я и не боюсь, — сказал Вася, — я ведь крепкий.

— Ну, — говорит господин Курано, — на свою крепость вы особенно не надейтесь. Сейчас мы посмотрим, какая ваша крепость. Снимайте вашу куртку и засучите рукава. Я посмотрю, какие у вас на руках мускулы.

Вася снял куртку, засучил рукава и согнул руку. Мускулы на руке вздулись шарами. Японец ощупал Васину руку и покачал головой.

— Вот смотрите, — сказал господин Курано, — мы больше всего ценим вот этот мускул, который у вас довольно слабый.

С этими словами господин Курано засучил свой рукав и показал Васе свою худую и жилистую руку.

— Вот я руку сгибаю, — сказал господин Курано, — вы видите вот тут, сбоку на локте, шарик. Это и есть мускул, который мы ценим больше всего. А у вас-то он слабый. Ну ничего. Со временем и у вас будет крепкий. А теперь возьмите меня под мышки и поднимите.

Вася взял господина Курано под мышки и поднял его легко, как маленький пустой самоварчик.

— Так, — сказал господин Курано, — теперь поставьте меня обратно на землю.

Вася поставил господина Курано на пол.

— Хорошо, — сказал господин Курано, — некоторая сила у вас имеется. А теперь ударьте меня.

— Хы-хы! — сказал Вася. — Как же это я вас ударю?

— Атак, возьмите и ударьте! — сказал господин Курано.

— Мне как-то совестно! — сказал Вася.

— Ах! — с досадой сказал господин Курано. — Какие глупости! Говорят вам, ударьте меня! Ну? Ну, ударьте же!

Вася посмотрел на господина Курано. Это был маленький жиденький старичок, чуть не в два раза меньше Васи, с морщинистым личиком и прищуренными глазками. Один Васин кулак был не меньше головы господина Курано.

«Что же, — подумал Вася, — я его ударю, а он тут же и скончается».

— Ну же, ударьте меня! ударьте меня! — кричал господин Курано.

Вася поднял руку и нерешительно толкнул господина Курано в плечо.

Господин Курано слегка покачнулся.

— Это не удар! — крикнул он. — Надо бить сильнее!

Вася слегка ударил господина Курано в грудь.

— Сильнее! — крикнул господин Курано.

Вася ударил сильнее. Господин Курано покачнулся, но продолжал стоять на ногах.

— Сильнее! — крикнул он.

Вася ударил еще сильнее. Господин Курано сильнее покачнулся, но все же на ногах устоял. «Ишь ты», — подумал Вася.

— Сильнее! — крикнул господин Курано.

«Ладно же», — подумал Вася, развернулся и что есть силы ударил кулаком господина Курано. Но господина Курано перед Васей не оказалось, и Вася, не встретив сопротивления, пробежал несколько шагов и стукнулся об стену.

— Ишь вьюн какой! — сказал Вася.

А господин Курано уже опять стоял перед Васей и, гримасничая лицом, говорил:

— Не унывайте же, молодой человек! Еще раз ударьте меня, да посильнее!

«Ах так!» — подумал Вася, — «я тебя, сморчок, сейчас пристукну!» — и решил бить сильно, но осторожно, с расчетом, чтоб не упасть.

Вася размахнулся уже рукой, как вдруг сам получил в бок электрический удар. Вася вскрикнул и схватил господина Курано за шею. Но господин Курано нырнул куда-то вниз, и Вася вдруг потерял равновесие и, перелетев через японца, шлепнулся на пол.

— А! — крикнул Вася и вскочил на ноги. Но тут же получил по ногам удар и опять потерял равновесие.

Господин Курано схватил Васю за руки и дернул куда-то в сторону. Вася переступил ногами и опять почувствовал себя в устойчивом положении, но только собрался схватить господина Курано, как опять получил удар в бок и вдруг, очутившись головой вниз, чиркнул ногами по потолку и, перелетев через японца, опять шлепнулся на пол.

Вася вскочил, дико озираясь, но сейчас же опять полетел вокруг японца и очутился на полу в лежачем положении.

Совершенно ошалев, Вася вскочил с пола и кинулся к двери.

— Куда же вы? — крикнул ему господин Курано.

Но Вася выскочил в комнату, где занимались ученики господина Курано.

Растолкав их, он выбежал в коридорчик, а оттуда на улицу.

Домой Вася прибежал без куртки с всклокоченными волосами.

— Что с тобой? — вскрикнула Васина мама.

— Где твоя куртка? — вскричал Васин папа.

В Японии Васе не понравилось, и он вернулся

обратно в Ленинград.

Теперь Василий Петрович Иванов живет в Ленинграде и служит в автобусном парке. Его работа заключается в том, что он перетаскивает с места на место испорченные автобусы.

Мне, как школьному товарищу, он рассказал историю с японским учителем джиу-джитсу, но вообще же рассказывать об этом он не любил.

1935

Пушкин

Вот однажды подошел ко мне Кирилл и сказал:[1]

— А я знаю наизусть «Буря мглою небо кроет, вихри снежные крутя».

— Очень хорошо, — сказал я. — А тебе нравятся эти стихи?

— Нравятся, — сказал Кирилл.

— А ты знаешь, кто их написал? — спросил я Кирилла.

— Знаю, — сказал он.

— Кто? — спросил я Кирилла.

— Пушкин, — сказал Кирилл.

— А ты понимаешь, про что там написано? — спросил я.

— Понимаю, — сказал Кирилл, — там написано про домик и про старушку.

— А ты знаешь, кто эта старушка? — спросил я.

— Знаю, — сказал Кирилл, — это бабушка Катя.

— Нет, — сказал я, — это не бабушка Катя. Эту старушку зовут Арина Родионовна. Это няня Пушкина.

— А зачем у Пушкина няня? — спросил Кирилл.

— Когда Пушкин был маленький, у него была няня. И

---

1 Первый лист автографа публикуемого текста (до слов: «Когда Пушкин был маленький, у него») перечеркнут и сопровожден пометой: «Плохо», но мы его публикуем, поскольку дальнейший текст, непосредственно его продолжающий, оставлен автором в неприкосновенности.

когда маленький Пушкин ложился спать, няня садилась возле его кроватки и рассказывала ему сказки или пела длинные русские песни. Маленький Пушкин слушал эти сказки и песни и просил няню рассказать или спеть ему ещё. Но няня говорила: «Поздно. Пора спать». И маленький Пушкин засыпал.

— А кто такой Пушкин? — спросил Кирилл.

— Как же ты выучил стихи Пушкина наизусть и не знаешь, кто он такой! — сказал я. — Пушкин это великий поэт. Ты знаешь, что такое поэт?

— Знаю, — сказал Кирилл.

— Ну скажи, что такое поэт, — попросил я Кирилла.

— Поэт, это который пишет стихи, — сказал Кирилл.

— Верно, — сказал я, — поэт пишет стихи. А Пушкин великий поэт. Он писал замечательные стихи. Всё, что написал Пушкин, — замечательно.

— Ты говоришь, Пушкин был маленький, — сказал Кирилл.

— Нет, — сказал я. — Ты меня не так понял. Сначала Пушкин был маленький, как и все люди, а потом вырос и стал большим.

— А когда он был маленький, он писал стихи? — спросил Кирилл.

— Да, писал, — сказал я. — Но сначала он начал писать стихи по-французски.

— А почему он писал сначала по-французски? — спросил меня Кирилл.

— Видишь ли ты, — сказал я Кириллу. — В то время, когда жил Пушкин, в богатых домах было принято разговаривать на французском языке. И вот родители Пушкина наняли ему учителя французского языка. Маленький Пушкин говорил по-французски так же хорошо, как и по-русски, прочитал много французских книг и начал сам писать французские стихи. С родителями Пушкин говорил по-французски, с учителем по-французски, с сестрой тоже по-французски. Только с бабушкой и с няней маленький Пушкин говорил по-русски. И вот, слушая нянины сказки и песни, Пушкин полюбил русский язык и начал писать стихи по-русски.

В это время часы, висевшие на стене, пробили два часа.

— Ну, — сказал я Кириллу, — тебе пора идти гулять.

— Ой, нет, — сказал Кирилл. — Я не хочу гулять. Расскажи мне ещё про Пушкина.

— Хорошо, — сказал я, — я расскажу тебе о том, как Пушкин стал великим поэтом.

Кирилл забрался на кресло с ногами и приготовился слушать.

— Ну так вот, — начал я, — когда Пушкин подрос, его отдали в Лицей. Ты знаешь, что такое Лицей?

— Знаю, — сказал Кирилл, — это такой пароход.

— Нет, что ты! — сказал я. — Какой там пароход! Лицей — это так называлась школа, в которой учился Пушкин. Это была тогда самая лучшая школа. Мальчики, которые учились там, должны были жить в самом Лицее. Их учили самые лучшие учителя и Лицей посещали знаменитые люди.

В Лицее вместе с Пушкиным училось тридцать мальчиков. Многие из них были тоже молодыми поэтами и тоже писали стихи. Но Пушкин писал стихи лучше всех. Пушкин писал очень много, а иногда бывали дни, когда он писал стихи почти всё время: и на уроке в классе, и на прогулке в парке и даже проснувшись утром в кровати он брал карандаш и бумагу и начинал писать стихи. Иногда ему стихи не удавались. Тогда он кусал от досады карандаш, зачёркивал слова и надписывал их вновь, исправлял стихи и переписывал их несколько раз. Но когда стихи были готовы, они получались всегда такие лёгкие и свободные, что казалось, будто Пушкин написал их безо всякого труда. Лицейские товарищи Пушкина читали его стихи и заучивали их наизусть. Они понимали, что Пушкин становится замечательным поэтом. А Пушкин писал стихи всё лучше и лучше.

И вот однажды в Лицей на экзамен приехал старик Державин...

— А зачем он приехал? — спросил меня Кирилл.

— Ах да, — сказал я, — ведь ты, может быть, не знаешь, кто такой Державин. Державин тоже великий поэт, и до Пушкина думали, что Державин самый лучший поэт, царь поэтов.

Державин был уже очень стар. Он приехал в Лицей, уселся в кресло и на воспитанников Лицея смотрел сонными глазами.

Но когда вышел Пушкин и звонким голосом начал читать свои стихи, Державин сразу оживился. Пушкин стоял в двух шагах от Державина и громко и сильно читал свои стихи. Голос его звенел.

Державин слушал. В глазах его показались слёзы.

Когда Пушкин кончил, Державин поднялся с кресла и кинулся к Пушкину, чтобы обнять его и поцеловать нового замечательного поэта. Но Пушкин, сам не понимая, что он делает, повернулся и убежал. Его искали, но нигде не могли найти.

— А где же он был? — спросил меня Кирилл.

— Не знаю, — сказал я. — Должно быть, куда-нибудь спрятался. Уж очень он был счастлив, что его стихи понравились Державину!

— А Державин? — спросил меня Кирилл.

— А Державин, — сказал я, — понял, что ему на смену появился новый великий поэт, может быть, ещё более великий, чем он сам.

Кирилл сидел на кресле некоторое время молча. А потом вдруг неожиданно спросил меня:

— А ты видел Пушкина?

— И ты можешь посмотреть на Пушкина, — сказал я. — В этом журнале помещён его портрет.

— Нет, — сказал Кирилл, — я хочу посмотреть на живого Пушкина.

— Это невозможно, — сказал я. — Пушкин умер ровно сто лет тому назад. Теперь нам дорого всё, что осталось от Пушкина. Все его рукописи, каждая даже самая маленькая записка, написанная им, гусиное перо, которым он писал, кресло, в котором он когда-то сидел, письменный стол, за которым он работал, — всё это хранится в Ленинграде в Пушкинском музее.

[А в Селе Михайловском ещё до сих пор стоит маленький домик, в котором когда-то жила пушкинская няня Арина Родионовна. Про этот домик и про свою няню Пушкин писал стихи. Это те стихи, которые ты выучил сегодня наизусть.][1]

Пушкин[2]

Сто двадцать лет тому назад многие люди думали так, что самый лучший русский поэт — это старик Державин. И сам Державин знал, что он самый лучший русский поэт.

И вот однажды старик Державин сидел в кресле, а перед ним стоял мальчик и звонким голосом читал свои стихи.

С первых же слов Державин насторожился. Мальчик стоял в двух шагах от Державина. Он читал слегка нараспев, громко и сильно. Голос его звенел.

Державин слушал. Глаза его наполнились слезами. Каждое слово казалось ему прекрасным.

И вот, когда мальчик прочитал свои стихи и замолчал, Державин понял, что перед ним стоит поэт ещё лучший, чем он сам.

С тех пор прошло много лет, и теперь мы все знаем, что тот мальчик, который читал Державину свои стихи — наш самый лучший, самый любимый, самый великий поэт — Пушкин.

У Пушкина было два сына и вот однажды Пушкин сказал про своих сыновей: «Пусть они не будут поэтами, потому что всё равно не напишут стихов лучше, чем писал их отец».

Прошло ровно сто лет с тех пор, как умер Пушкин, но лучше Пушкина ещё никто не писал стихов.

Мы читаем стихи Пушкина и учим их наизусть. И тот, кто знает наизусть много пушкинских стихов, — тот

---

1 Текст в квадратных скобках перечеркнут, но имеет помету «восстановить», поэтому мы его и воспроизводим.

2 Один из вариантов, записанный на пронумерованных подряд четырех листах.

молодец!

И если ты не знаешь ни одного пушкинского стиха, сейчас же достань, где хочешь, какие нибудь пушкинские стихи и выучи их наизусть.

И если ты не знаешь, как зовут Пушкина, то запомни, что зовут его Александр Сергеевич.

Запомни, что когда Пушкин был маленький, у него была няня, Арина Родионовна.

Когда маленький Пушкин ложился спать, няня садилась возле его кроватки и рассказывала ему сказки. Сказки были интересные, страшные, весёлые и смешные. Пушкин слушал няню и просил её рассказать ещё. Но няня говорила: «Поздно, Саша. Пора спать». И маленький Пушкин засыпал.

Когда Пушкин подрос, ему наняли учителя француза. Француз говорил с Пушкиным по-французски и научил его по-французски читать и писать. Пушкин читал много французских книг, знал наизусть много французских стихов и даже сам попробовал писать свои стихи по-французски.

И вот однажды учителю попалась в руки тетрадь с французскими стихами Пушкина.

Учитель начал читать стихи вслух и громко над ними смеяться.

И вдруг маленький Пушкин пришёл в бешенство, подскочил к французу, вырвал у него из рук свою тетрадь, бросил её в горящую печку, расплакался и убежал.

Пушкин очень любил свою няню. И даже потом, когда он вырос и стал знаменитым писателем, он всякий раз, когда бывал у себя в селе Михайловском, заходил в маленький домик, где жила его старушка няня, садился с ней на крылечко и просил её рассказывать ему сказки.

Пушкин стоял в двух шагах от Державина и читал громко и слегка нараспев. Голос его звенел.

Державин внимательно слушал. Глаза его наполнились слезами. Каждое слово казалось ему прекрасным.

И вот, когда Пушкин кончил читать свои стихи и замолчал, Державин понял, что перед ним стоит поэт ещё лучший, чем он сам.

Цирк Шардам
(представление в 2-х действиях)

1 отделение

Вертунов (вздыхает, сидит на просцениуме, подпирает голову рукой, опять вздыхает. На сцену выходит директор. Играет музыка. Директор кланяется. Музыка замолкает).

Директор (в публику). Здравствуйте.

Вертунов (печально). Прощайте.

Директор (в публику). Кто сказал «прощайте»? Никто не сказал? Ну, хорошо...

Вертунов (вздыхая). Нет, нехорошо.

Директор. Кто сказал «нехорошо»? Никто не сказал? Та-ак...

Вертунов. Нет, не так.

Директор. Да что же это такое!?

Вертунов. Ох-ох-ох.

Директор. Кто это вздыхает? Где он? Может быть, он под стулом? Нет. Может быть, за стулом? Тоже нет. Эй, слушайте! где вы?

Вертунов. Я тут.

Директор. Что вы тут делаете?

Вертунов. Ничего я не делаю, а просто сижу.

Директор. Зачем же вы нам мешаете?

Вертунов. Никому я не мешаю.

Директор. Как же не мешаете, когда не даете мне говорить!

Вертунов. А вы себе говорите да говорите.

Директор. Послушайте! Разве вы не знаете, что это кукольный цирк и мы должны начинать наше представление. А вы тут сидите.

Вертунов (вскакивая). Это кукольный цирк! Да ведь я вас уже второй месяц ищу! Думал, и не найду никогда. Вот радость-то! Нет уж, дозвольте, я вас поцелую. (Целует директора).

Директор (отбиваясь). Позвольте, позвольте. Кто вы такой и что вам нужно?

Вертунов . Зовут меня Вертунов, и хочу я у вас на сцене выступать.

Директор . Что же вы на сцене делать будете?

Вертунов . Да что прикажете, то и буду делать.

Директор . Гм... По канату ходить умеете?

Вертунов . Нет, по канату ходить не умею.

Директор . Гм. А на руках по полу ходить умеете?

Вертунов . Нет. Это тоже не умею.

Директор . Гм... Так что же вы умеете?

Вертунов . Я, видите ли, умею летать.

Директор . Летать? Это как же летать?

Вертунов . Ну, как летать. Знаете, просто так, по-обыкновенному: поднимусь от пола и полечу.

Директор . Ну, вы мне голову не морочьте. Человек летать не может.

Вертунов . Нет, может.

Директор . Нет, не может.

Вертунов . А я говорю, может!

Директор . А ну, полетите.

Вертунов . Вот и полечу!

Директор . Ну, летите, летите!

Вертунов . Вот и полечу!

Директор . Ну что же вы не летите?

Вертунов . Я умею по-собачьи лаять. Может, вам нужен такой номер?

Директор . Ну, полайте.

Вертунов . Ав-ав-ав-ав! (Совершенно непохоже на собачий лай).

Директор . Нет, такого номера нам не нужно.

Вертунов . А может, нужно?

Директор . Говорят вам, не нужно.

Вертунов . А может, все-таки...

Директор . Слушайте, сейчас мы начинаем наше представление. Прошу вас, уйдите со сцены.

Вертунов . Я на одной ноге стоять умею. (Становится на одну ногу).

Директор . Уходите, уходите.

Вертунов (уходит, но из-за кулис говорит). Я хрюкать умею: хрю-хрю-хрю. (Совершенно непохоже на хрюканье).

Директор . Уходите, говорят вам. (Вертунов исчезает). Ух, какой надоедливый! (откашливается и говорит в публику). Кхм, кхм... Начинаем наше цирковое представление...

Вертунов (из-за кулис). Я умею ржать. (Директор оглядывается. Вертунов исчезает).

Директор (в публику). Цирковое представление. Первое отделение на земле, второе под водой, а третье — пойдемте домой.

I ГОНГ

Директор . Первым номером нашей программы знаменитый наездник Роберт Робертович Лепехин. Никто не может укусить себя за локоть. Никто не может спрятаться в спичечную коробку. А также никто не может скакать на лошади лучше Роберта Робертовича Лепехина. Музыка!

Играет музыка. Выезжает Роберт Робертович Лепехин. Начинается вольтижировка и джигитовка. Потом Лепехин соскакивает с лошади, раскланивается и убегает. На сцену выбегает клоун верхом на палке с лошадиной головой и с букетом цветов в руке.

Клоун . Браво, браво! Очень хорошо! Ыыыыы! Это я, а это букет! Ыыыыыыы! По-русски раз, два, три, а по-немецки: ейн, цвей, дрей. Ыыыыыыы! Таблица умножения требует умственного напряжения. А мое такое положение, что мне не надо таблицы умножения! Ыыыыыыы! (Убегает).

На сцену осторожно выходит Вертунов и, озираясь, идет к рампе.

Директор (идет вперед, чтобы объявить номер).

Зачем вы опять туг?

Вертунов . Да я хотел только показать, как муха летает.

Директор . Что? Как муха летает?

Вертунов (оживляясь). А вот смотрите. Полное впечатление полета мухи. (Семенит по сцене, машет часто руками и приговаривает: тюк, тюк, тюк, тюк!).

Директор (внушительно). Моментально уйдите отсюдова.

Вертунов стоит, вытянув голову, смотрит на директора.

Директор (топая ногой). Уу!

Вертунов поспешно убегает.

II ГОНГ

Директор . Следующим номером нашей программы выступит канатная балерина Арабелла Мулен-Пулен. Музыка!

Играет музыка. Выбегает Арабелла. Канатный номер. Выходит клоун с букетом.

Клоун . Браво, браво! Очень хорошо! Ыыыыыыы! По-русски раз, два, три, а по-немецки: ейн, цвей, дрей! Ыыыыыыы!

Арабелла раскланивается перед публикой. Клоун раскланивается перед Арабеллой, делает книксен. Арабелла убегает. Клоун падает. Выходит директор. Клоун встает и отходит в сторону.

III ГОНГ

Директор . Следующим номером нашей программы воздушный акробат Володя Каблуков.

Клоун . Следующим номером нашей программы воздушный акробат Сережа Петраков.

Директор (громко и настойчиво). Не Сережа Петраков, а Володя Каблуков!

Клоун . Не Володя Каблуков, а Сережа Петраков!

Директор . Следующим номером нашей программы воздушный акробат...

Директор, Клоун (вместе)
Володя Каблуков!
Сережа Петраков!

Директор, Клоун (вместе)
Володя Каблуков!
Сережа Петраков!

Директор, Клоун (вместе)
Володя Каблуков!
Сережа Петраков!

Играет музыка. Выходит акробат и начинает свой номер. Директор стоит слева у рампы, клоун проходит потихоньку справа.

Клоун . Браво, браво! Очень хорошо, Сережа Петраков!

Директор . Да это же не Сережа Петраков, а Володя Каблуков!

Клоун . Замечательно, Сережа Петраков!

Директор . Да что же это такое? (В публику). Это Володя Каблуков! Честное слово — это Володя Каблуков.

Вертунов (за кулисами). Дозвольте выступить. Я хожу на четвереньках и полное впечатление, будто ходит козел.

Директор (отчаянным голосом). Ах, нет, нет! Не надо! Уходите!

Вертунов . Дозвольте выступить.

Директор . Потом, потом. Не сейчас. Уходите!

Вертунов . А потом можно будет?

Директор . Потом, потом! Уходите!

Акробат продолжает свой номер. Играет музыка.

Опасный момент. Музыка перестает играть. Барабанная дробь. Из-за кулис справа высовывается Вертунов. Акробат кончает номер, раскачивается, сидя на трапеции.

Вертунов . Выступать?

Директор машет на Вертунова рукой. Но Вертунов выползает на сцену на четвереньках. Директор кидается к Вертунову.

Вертунов . Я козе-е-ел! Я козе-е-ел! Мэ-э! Мэ-э!
Директор (шипит). Убирайтесь вон! (Толкает Вертунова). Убирайтесь вон! О! Скандал! Какой скандал! Вон! Да что же это такое? Ооо!

IV ГОНГ

Директор (печальным голосом). Следующим номером нашей программы партерные акробаты Крюкшин и Клюкшин. Музыка!

Играет музыка. Выходят партерные акробаты и начинают свой номер. Закончив номер, Крюкшин и Клюкшин раскланиваются и уходят. Выходит директор. Музыка смолкает.

Директор . Ну, этот номер прошел хорошо. И Вертунова не было.

V ГОНГ

На сцену выходит Вертунов.

Директор (не замечая Вертунова). Следующим номером нашей программы Матильда Дердидас. Чудеса... (Чихает).
Вертунов . Будьте здоровы.

Директор (не замечая Вертунова). Благодарю вас. Чудеса дрессировки. Дрессированные звери. (Чихает).

Вертунов . Будьте здоровы.

Директор . Благодарю вас.

Вертунов . Дозвольте выступить.

Директор (с ужасом поворачиваясь к Вертунову). Это опять вы?

Вертунов . Я подпрыгивать умею.

Директор . Да что же это такое? Я же сказал вам, что вы нам не нужны. Уходите. Уходите. И не смейте больше приходить.

Музыка. Выбегает Матильда. Вертунов и директор уходят. Начинается дрессировка. Футбол.

Матильда раскланивается и уходит. Выходит директор. Директор заглядывает за кулисы, смотрит наверх и по сторонам.

Директор . Ну, пока нигде нет этого ужасного Вертунова, начнем скорее наш следующий номер.

VI ГОНГ

Директор . Жонглер-филиппинец! Имя у него тоже филиппинское! Зовут его Ам гам глам Каба лаба Саба лаба Самба гиб чип либ Чики кики Кюки люки Чух шух Сдугр пугр Оф оф Прр. Эй, музыка!

Играет музыка. Директор стоит в ожидании. На сцену выходит вместо жонглера Вертунов.

Директор (в ужасе). Опять Вертунов!

Музыка замолкает.

Вертунов . Дозвольте выступить...

Директор . Я не могу вас выпустить, потому что сейчас выступает Ам гам глам Каба лаба Саба лаба Самба гиб чип либ Чики кики Кюки люки Чух шух Сдугр пугр Оф оф Прр.

Вертунов . А вы сейчас выпустите меня, а потом пусть выступает Ам гам глам Каба лаба Саба лаба Самба гиб чип либ Чики кики Кюки люки Чух шух Сдугр пугр Оф оф Прр.

Директор . Нет, говорят вам. Сейчас выступит Ам гам глам Каба лаба Саба лаба Самба гиб чип либ Чики кики Кюки люки Чух шух Сдугр пугр Оф оф Прр. Эй, музыка!

Директор гонит Вертунова. Оба уходят. На сцену выходит жонглер. Номер. Заканчивается номер, жонглер бросает на воздух большой шар. Шар на воздухе раскалывается и из него на парашюте спускается клоун с букетом в руке.

Клоун . Браво, браво! Очень хорошо! Ыыыыыыы!

Выходит директор.

Клоун протягивает букет жонглеру. Тот хочет взять букет, но клоун поворачивается к нему спиной и протягивает букет директору.

Директор . Это что?
Клоун . Это букет.
Директор . Это кому?
Клоун . Это вам.
Директор . Это от кого?
Клоун . Это от меня, а это (ударяет директора букетом) от публики. Ыыыыыыы!
Директор . Ах, мошенник! Грабитель! Нахал! Убью! Руки-ноги обломаю!

Музыка играет. Директор наскакивает на клоуна. Клоун на парашюте взлетает наверх. Музыка смолкает.

Директор (оставшись один). Какой нахал.

VII ГОНГ

Директор . Следующим номером нашей программы

ужасный силач Парамон Огурцов. Одной рукой может поднять семьдесят пять кило картошки. Однажды он сидел на табуретке в саду и ел порцию мороженого с вафлями. День был жаркий. Пели птицы и жужжали пчелы. Вдруг Парамона Огурцова укусил за ногу муравей. Парамон Огурцов вскочил, рассердился и со всего размаху ударил кулаком по табуретке. И табуретка исчезла. И только год спустя, когда в этом месте рыли колодец, нашли исчезнувшую табуретку под землей на глубине четырех с половиной метров. Вот с какой силой ударил по табуретке Парамон Огурцов! А вот и он сам.

Выходит силач и под музыку шагает вокруг сцены. Силач подходит к директору. Из-за силача выходит Вертунов.

Директор . О-ох! (Падает. Музыка смолкает).

Вертунов . Позвольте выступить. Умею слегка увеличиваться в росте.

Директор (наскакивая). Выступить? О! Пожалуйста! Становитесь вот сюда! Выступайте! Увеличивайтесь в росте! Ха-ха-ха! (Демонически хохочет).

Вертунов становится на указанное место лицом к публике. Директор что-то говорит силачу. Тот подходит и сзади ударяет Вертунова по голове. Вертунов проваливается. Играет музыка.

Директор . Ура! Ура! Провалился под землю! Ура! Больше нет Вертунова! Ура! (Директор приплясывает под музыку. Силач показывает свой номер).

Директор . А теперь антракт минут на десять для установки аквариума.

Потом опускается занавес.

Конец первого отделения. Антракт.

II отделение

Играет музыка. Выходит директор. Кланяется. Музыка смолкает.

Директор . Ну вот. Начинаем наше второе отделение. Вертунова больше нет, и никто не будет мешать... (Играет музыка). Стойте. Подождите же. Да не играйте же. Я же не кончил говорить. (Музыка смолкает). Так вот, вы видите на сцене стеклянный аквариум, и артисты... (Играет музыка). Да подождите же. Стойте. (Музыка смолкает). Я же говорю. Так вот. Артисты наденут водолазные костюмы и будут... (Играет музыка). Да что же это такое! Перестаньте играть. (Музыка смолкает). Говорить не дают. (В публику). Артисты в водолазных костюмах спустятся в стеклянный аквариум, где и будут под водой проделывать свои номера. Вы увидите под водой в клетке дрессированную акулу. Это очень опасно. Аквариум может разбиться, и тогда вода зальет весь цирк. Но Вертунова нет, нам никто не будет мешать, а потому все пройдет благополучно. Итак, а...

После слов «свои номера» из-под пола начинает медленно вылезать Вертунов. Щека у него повязана в белый горошек платком. Директор его сначала не замечает. Но, заметив, обрывается на полуслове и молча стоит, вытянув вперед шею.

Вертунов (вылезая из-под земли, хриплым голосом). Дозвольте выступить.

Директор молча стоит в столбняке.

Вертунов (Хрипло). Меня по голове грохнули. Я провалился в подвал. Там я простудился и охрип. Но все ж таки я еще петь могу. Дозвольте выступить.

Директор . Мне дурно. (Падает без чувств на пол и головой разбивает аквариум. Звон разбитого стекла. На сцену течет вода. Играет музыка).

Вертунов . Ой! Ой! Вода! Пожар! Караул! Гра-а-бят!

(Убегает).

Вода наполняет сцену. В аквариуме вода убывает, на сцене пребывает. Сцена «Затопление цирка». Словесная партитура. Шум воды. Играет музыка. За сценой голоса. Тишина. Сцена залита водой. Растут водоросли. Проплывают большие и маленькие рыбы. Наконец, из глубины выплывает директор.

Директор (отдуваясь). Брр. Брр. Пуф. Пуф. Пуф. Пуф. Вот так история. Пуф. Этот Вертунов довел меня до того, что я упал в обморок и, падая, разбил головой аквариум. Пуф. Пуф. Присяду отдохнуть.

Выплывает балерина.

Балерина . Ах, ах! Что такое случилось? Я, кажется, под водой.
Директор . Да разбился аквариум и вода залила весь театр.
Балерина . Какой ужас! (Уплывает). Ах. Ах. Ах.
Директор . А мы не успели надеть водолазные костюмы.

Выплывает силач Парамон Огурцов.

Силач . Пуф. Пуф. Что такое произошло?
Директор . Успокойтесь. Мы просто утонули.
Силач . Вот те на. (Уплывает).
Директор . Может быть, я уже умер?

Выплывает жонглер.
Жонглер (волнуясь и ничего не понимая).
Бэ бэ бэ бэ бэ
Сяу сяу сяу
Крю крю крю
Тяу тяу тяу
Прим прим прим
Дыр дыр дыр

Буль буль буль

Директор . Совершенно правильно, это вода. Вода.

Жонглер (ничего не понимая).

Тям тям тям

Гом гом гом

Чук чук чук

Буль буль буль

(Уплывает).

Директор . Если я умер, то я не могу двигаться. А ну-ка пошевелю рукой. Шевелится. Ну-ка пошевелю ногой (шевелит ногой). Шевелится. А ну-ка пошевелю головой (шевелит головой). Тоже шевелится. Значит, я жив. Ура!

Голос Лепехина . Тпрр. Нннооо... Тпрррр... Эй... Нннооо... (Выплывает Лепехин верхом на лошади).

Лепехин . Тпррр... Говорят тебе тпррр. Что такое случилось? Тпррр.

Директор . Разбился аквариум. Вода залила театр. Мы все под водой.

Лепехин . Тпррррр... Что?... Тпр... (Лошадь уносит Лепехина за кулисы).

Голос Лепехина . Что такое? Тпррр... Нннооо... Что такое? Тпррр...

Директор . Значит, я жив. И он жив. И все мы живы.

Выплывает вверх ногами Ваня Клюкшин.

Ваня Клюкшин . Объясните мне, что это значит?

Директор . Это значит, что все мы живы, хотя находимся под водой.

Ваня Клюкшин . Категорически ничего не понимаю. (Уплывает).

Директор . А я начинаю понимать... Ура! Все понял. Мы находимся под водой и с нами ничего не делается, потому что мы деревянные актеры.

Балерина . Неужели и я деревянная?

Директор . Ну конечно.

Балерина . Не может быть, ведь я так хорошо танцую.

Директор . Ну что ж такого! Вот я, например,

деревянный, и несмотря на это, я очень умный.

На сцену выходит Матильда Дердидас и вывозит клетку с акулой.

Директор. Что это такое?

Матильда. Это мой дрессированный акуль Пиньхен. Я буду показывайт свой номер.

Директор. А она не вырвется из клетки?

Матильда. О нет, чтобы открыть клетка, надо нажать вот на этот ручка. Мой акуль этого не может. Он очень послюшный. Але оп! (Акула выплывает).

Директор. А почему она так смотрит на меня?

Матильда. Потому что он хочет кушать.

Директор. А что она ест?

Матильда. О, абсолютно все. Вчера он съель велосипед, две рояль, эйн подушка, цвей кофейный мельниц и четыре тольстый книги.

Директор. М-да. А людей он ест?

Матильда. Ах, я. О, да. Она съель мой знакомый Карль Иваныч Шустерлинг.

Директор. Гм... А сегодня она ничего еще не ела?

Матильда. Нет, сегодня она голодный.

Директор. Чем же вы будете ее сегодня кормить?

Матильда. Ах, у меня есть ейн Камель, один верблюд.

Директор. Так вы покормите ее поскорей.

Матильда. Але оп! Сейчас я приведу верблюд. А вы посмотрийть не садиться на этот ручка.

Директор. Нет, уж лучше я с вами пойду, Матильда Карловна! Матильда Карловна, подождите меня.

Матильда и доктор уплывают. На сцену выходит Вертунов.

Вертунов. Фу, плаваю под водой, точно рыба. А разве я рыба? Ни сом, ни щука, ни карась, ни окунь. Охо-хо-хо. (Садится на рычаг клетки, клетка открывается. Из клетки тихо уплывает акула). Ну как теперь из воды вылези? Тут меня где-то по голове гирей трахнули и я в подвал провалился. Может, на том месте дырка в полу осталась. Я ее поковыряю ногой, может, вода сквозь нее в подвал вытечет. Пойду искать, где эта дырка-то. Под водой сразу и не найдешь. (Уходит).

Выходят директор и Матильда Дердидас, ведя за собой верблюда.

Матильда . Ну вот, сейчас мы моей Пиньхен дадим эйн порцион верблюд. Это очень мало, но... ах, ах.
Директор . Что такое?
Матильда . Ах, мой Пиньхен ушёль.
Директор . Караул! Спасайся, кто может! Караул!

Выбегает Ваня Клюкшин.

Ваня . Что случилось?
Матильда . Мой Пиньхен! Мой Пиньхен! (Убегает с верблюдом вместе).
Ваня . Что это значит?
Директор . Вы понимаете, она вырвалась из этой клетки.
Ваня . Значит, она сумасшедшая?
Директор . Она голодная.
Ваня . Так дайте ей бутерброд с котлетой.
Директор . Что ей котлета? Она вчера съела два рояля, велосипед и еще что-то.
Ваня . Да ну?
Директор . На сегодня у нее верблюд, но ей одного верблюда мало.
Ваня . А она и верблюдов ест?
Директор . Она все ест. Она и людей ест.
Ваня . Ой, ой, ой, даже людей!
Директор . Стойте тут, а я пойду посмотрю там. Матильда Карловна! Матильда Карловна! (Уходит).
Ваня . Вот так штука! Кто бы мог подумать! Такая красивая и такая обжора.

Выплывает клоун.

Клоун . Ыыыыы! Вот и я.
Ваня . Ты слышал?
Клоун . Слышал.
Ваня . А что ты слышал?
Клоун . А я ничего не слышал. Ыыыыы.
Ваня . Тьфу. Я тебе серьезно говорю. Ты знаешь, что наша дрессировщица Матильда Дердидас съела рояль?
Клоун . Рояль?
Ваня . Даже два рояля и велосипед.
Клоун . Съела?
Ваня . Да, съела.
Клоун . Ыыыыы.
Ваня . Напрасно ты смеешься. Она пошла есть верблюда, я сам видел. А потом будет есть людей.
Клоун . Она и меня съест?
Ваня . И тебя и меня.
Клоун . Ой-ой-ой-ой. Ай-ай-ай-ай.
Директор (пробегая через сцену). Она уже съела верблюда.
Ваня . Ой-ой-ой-ой.
Клоун . Ой-ой-ой-ой.

Входит Матильда.

Матильда . Пиньхен, Пиньхен.
Ваня и Клоун (падая на колени). А-а-а-а-а-а-а! Бе-бе-бе-бе, пощадите!
Клоун . Я невкусный, он вкуснее.
Ваня . Нет, неправда. Я соленый. Он лучше.
Клоун . Не верьте ему. Он вовсе не соленый. Он очень вкусный.
Матильда . О, их ферштее нихте, я не понимай. Где мой Пиньхен, Пиньхен, Пиньхем. (Убегает).
Директор (пробегая через сцену). Караул! Спасайся кто может! Караул!
Силач (проплывая). Кто? Что? Почему? Откуда? Как? Где? Куда? Зачем? Кого? Чего? (Уплывает).

Балерина (проплывая). Ах-ах-ах-ах. Их-их-их-их.

Жонглер (пробегая).

Тяу тяу тяу

Сяу сяу сяу

Кяу кяу кяу

Мяу мяу мяу.

Лепехин (верхом на лошади). Тпрр... Нноо... Тпррр... Шалишь... Тпр... Куда несешь. Тпррр... Нноооо... Тпрр...

Крюкшин . Объясните нам, что такое случилось? Я категорически ничего не понимаю. (Оба проплывают. Один вверх ногами).

Проплывает молча акула.

Матильда (проплывая за акулой). О, мой Пиньхен, мой Пиньхен.

Жуткая пауза.

Ваня . Ты видел?

Клоун . Видел.

Ваня . Ну, что?

Клоун . По-моему, она хочет съесть эту рыбу.

Ваня . Знаешь что?

Клоун . Что?

Ваня . Давай убежим.

Клоун . Давай убежим.

Ваня . Ну, беги вперед, а я за тобой.

Клоун . Ну хорошо, я побегу за тобой, а ты беги впереди меня.

Ваня . Нет, уж лучше я побегу за тобой, а ты беги впереди.

Клоун . Знаешь что?

Ваня . Ну?

Клоун . Давай я сосчитаю до трех, и мы побежим сразу вместе.

Ваня . Хорошо, считай.

Клоун . По-русски: раз, два, три.

Ваня убегает.

Клоун . А по-немецки: эйн, цвей, дрей.

Клоун убегает. Выходит Вертунов.

Вертунов . Ну где она? Где она? (Ходит по сцене, ищет, нагибается, касаясь рукой пола). Будто где-то тут... Вот... кажись она самая... Так и есть! (Прочищает дыру. Слышен шум воды). Вода пошла. Ура!

Играет музыка. Выплывает акула.

Вертунов . Ой! Что это такое?

Акула бросается на Вертунова.

Вертунов . Ой-ой-ой!

Затемнение. Световые эффекты. Музыка.

Голос Матильды . О, Пиньхен. Мой Пиньхен.

Сцена «Спуск воды». Словесная партитура. Шум воды. Играет музыка.
Яркий свет. Цирк освобожден от воды. На сцене лежит дохлая акула. Играет музыка. Выходит директор. Раскланивается. Музыка смолкает.

Директор . Обещанная мною подводная пантомима отменяется. Аквариум разбился. Театр залило водой, из клетки вырвалась акула, и мы все чуть не погибли. Виной всему гражданин Вертунов, но его проглотила акула, и теперь мы окончательно от него избавились. А затем морское чудовище подохло без воды. Теперь его нечего бояться. Смотрите. (Директор ударяет акулу ногой).
Акула . Ой, больно!
Директор (отскакивая). Что такое? Кто сказал «больно»? Никто не сказал... Так вот видите, я ударяю

акулу ногой.

Акула . Ай-ай-ай. Не лягайте меня.

Директор . Что такое? Это акула говорит. Как же так?

Акула . Это я говорю.

Директор . Что ва-ва-ва-ва-вам ну-ну-ну-ну-ну-жно?

Акула . Дозвольте выступить.

Директор . Да что-о-оо же э-э-э-это та-а-а-а-акое.

Акула . Сейчас я живот распорю.

Директор . Ой-ой-ой! Нет, не надо. Выступайте.

Акула . Сейчас. (Из акулы вылезает Вертунов).

Вертунов . Ну вот, я распорол ей живот, и теперь я опять на свободе. Значит, можно выступать? Я умею стоять на голове.

Директор . О-ох! (Садится на пол). Я же знаю, что вы ничего не умеете. Вам сейчас покажут, как надо стоять на голове. Эй, Ваня Клюкшин!

Выходит Ваня Клюкшин.

Директор . Покажите ему, как нужно стоять на голове.

Ваня . Это очень просто. Смотрите! Оп! (Ваня становится на голову. В это время вбегает Матильда).

Матильда . Где мой Пиньхен? Что стало с мой Пиньхен?

Ваня падает.

Ваня (лежа на полу). Ой, пощадите. А-а-а-а-а. Не губите!

Директор . Ну что вы, что вы. Это не так страшно. Это с каждым может случиться.

Ваня . Ой, страшно!

Директор . Это же пустяки.

Ваня . Хороши пустяки. Ой-ой-ой-ой.

Директор . Ему, кажется, дурно.

Матильда . Сейчас я принесу немного воды. С вода будет легко. (Уходит).

Ваня . Ой-ой-ой-ой. Уж лучше без воды. Ой-ой-ой.

(Стонет).

Вбегает клоун.

Клоун . Ыыыыыыы. Браво, браво. Очень хорошо. Ыыыы. (Увидя Ваню). Что с ним?

Директор . Он хотел встать на голову, да не вышло, и он очень расстроился.

Клоун (к Ване). Слушай. Ну чего ты плачешь? Ну хочешь, я встану на голову. Ну, смотри. (Клоун становится на голову. В это время входит Матильда со стаканом воды. Клоун падает).

Матильда . Ну вот, я принесла вода.

Клоун . Ой-ой-ой-ой! Бе-бе-бе-бе-бе! Не погубите, ой, не погубите.

Директор . Что же это такое?

Матильда . А, еще один. Сейчас я обоих вот с этот вода.

Клоун и Ваня (на коленях). Ой-ой-ой! А-а-а-а-а-а. Бе-бе-бе-бе. Не надо воды. Пощадите нас. Ой, не погубите!

Директор . Да перестаньте же, в самом деле.

Клоун и Ваня . Ой, нет, не перестанем. Зачем мы? Лучше возьмите его. (Указывая на Вертунова).

Директор . Да зачем же его, вы лучше.

Клоун и Ваня . Нет, мы хуже, он лучше.

Директор . Ну, хорошо, хорошо! Успокойтесь только. Вертунов! Хочешь быть вместо клоуна и акробата?

Вертунов . Конечно, хочу.

Директор . Ну, слышите. Он согласен.

Клоун и Ваня . Ай-ай-ай-ай-ай. Не верим.

Директор . Да успокойтесь. Сейчас он вам покажет.

Матильда . Абсолют ничего не понимаю. Пойду искать мой Пиньхен. (Уходит).

Директор . Вертунов! Вы будете у ковра.

Вертунов . А где этот ковер?

Директор . Какой ковер?

Вертунов . Да вы сказали, что я буду у ковра.

Директор . Это значит, что вы будете клоуном.

Клоун . Позвольте я.

Директор . Вы же сами отказались и просили, чтобы вместо вас был Вертунов.

Ваня и Клоун . Нет, нет. Совсем не то. Мы хотели, чтобы его съели.

Директор . Съели?

Ваня и Клоун . Ну да. Чтобы она его съела.

Директор . Кто — она?

Клоун . Ну она… дрессировщица.

Директор . Ничего не понимаю.

Ваня . Ну, она хотела съесть нас.

Клоун . Но мы невкусные.

Ваня (указывая на Вертунова). Он вкуснее.

Директор . Что такое?

Клоун . Она съела рояль.

Ваня . И велосипед.

Клоун . И верблюда, и швейную машинку, и четыре кофейных мельницы.

Директор . Кто? Матильда?

Клоун и Ваня . Ну да — Матильда.

Директор . Ха-ха-ха!

Клоун и Ваня . Почему вы смеетесь?

Директор . Ха-ха-ха! Вы все перепутали. Не Матильда Дердидас съела рояль, велосипед и верблюда, а акула Пиньхен.

Входит Матильда.

Матильда . О, где мой Пиньхен? Кто видел мой Пиньхен?

Клоун и Ваня на всякий случай отходят в сторону.

Директор . Вашего Пиньхена уже нет.

Матильда . А где он?

Директор . Ваша акула без воды подохла.

Матильда . О? она биль такой ласковый. Верните обратно мой акуль. Мой добрый Пиньхен.

Директор . Ваш добрый ласковый Пиньхен проглотил вот этого гражданина.

Матильда . О, он любиль кушать живой человек.

Вертунов . Да, я нашел дырку в полу. И пока я ее прочищал, чтобы вода могла уйти в эту дырку, на меня что-то наскочило и проглотило.

Директор . Так это вы избавили нас от воды?

Вертунов . Да, я.

Директор . Так, выходит, что вы наш спаситель.

Вертунов . Дозвольте выступить.

Директор . Я вас беру в свою труппу. Мы вас научим. Вы будете клоуном, акробатом, певцом и танцором.

Матильда . О, мой Пиньхен кушаль вас. Он любиль вас. И я тоже буду любиль вас.

Директор . Итак, гражданин Вертунов поступает к нам в цирк на обучение. Надо много учиться, чтобы стать хорошим циркачом.

Вертунов . Ура! Я буду учиться у вас. Я буду учиться у вас.

Клоун и Ваня . Ты будешь учиться у нас.

Вертунов . Я клоуном буду, борцом, акробатом, певцом и танцором зараз.

Все . Ты клоуном будешь, борцом, акробатом, певцом и танцором зараз.

Директор . А сейчас мы вам покажем, как нужно работать. Сейчас выступит воздушный акробат Володя Каблуков.

Музыка. Номер Каблукова.

Вертунов . А теперь можно мне выступить?

Директор . Выступайте. (В публику). Сейчас вы увидите номер с участием гражданина Вертунова — Ваня Клюкшин и Джонни Крюкшин. Эй, музыка!

Играет музыка. Номер. Занавес.

1935

Исчезновение Вертунова[1]
(конец первого действия)

Директор . Сейчас выступит знаменитый факир Хариндрона'та Пиронгроха'та Чери'нгромбо'м бом ха'та! Он приехал из Индии и привез с собой страшную ядовитую змею. Сейчас он покажет вам удивительные индусские фокусы. Смотрите на него.

На сцену под музыку выходит Вертунов. Директор бросается на Вертунова.

Директор . Что! Вы опять тут! Держите его! Убью!

Вертунов, а за ним директор, убегают. На сцену с другой стороны выходит факир. Начинаются номера факира. На сцену выходит директор. Глядя на искусство факира, директор время от времени восклицает: «Замечательно! Удивительно! А, как это поразительно!» Под конец факир дудит в дудочку. На сцене появляется ящик. Факир открывает ящик, показывает, что он пустой, и говорит директору:

Факир . Бангалибамба усурсенкус тетер граха!
Директор . А! Хорошо, хорошо, сейчас объясню. Дорогие зрители! Факир Хариндрона'та Пиронгроха'та Чери'нгромбо'м бом ха'та просит сказать вам, что сейчас он покажет индусский фокус с волшебным ящиком. Факир Хариндрона'та Пиронгроха'та Чери'нгромбо'м бом ха'та просит обратить ваше внимание на то, что ящик совершенно пустой.

Факир закрывает ящик и говорит заклинание, потом открывает ящик и играет на дудочке. Из ящика выползает змея. Начинается номер со змеей. По окончании номера змея опять залезает в ящик. Факир закрывает ящик,

---

1 Вместе с тем сохранился существенно отличающийся от публикуемого автографический вариант части текста (без начала и окончания) — скорее всего, первая редакция пьесы, которую мы ниже приводим.

произносит заклинание, открывает ящик опять и показывает, что он пустой.

Директор . Ах, а где же змея?

Факир . Граха'.

Директор . Граха'! Исчезла! Вот здорово! А что, если в ящик (стучит по ящику) положить, ну скажем... ну... ну вот эту табуретку! (Стучит по табуретке). Если ее сунуть в ящик, она тоже исчезнет? Тоже граха'?

Факир . Граха'.

Директор . Вот это интересно! Ну-ка, попробуем! (Сует табуретку в ящик и закрывает крышку). Что теперь надо делать?

Факир подходит к ящику, отстраняет директора и произносит заклинание. Потом открывает ящик. Ящик пустой.

Факир . Граха'!

Директор (заглядывая в ящик). Действительно граха'! Вот это ловко!

Вертунов (выходя на сцену). Дозвольте выступить!

Директор (кидается к Вертунову и рычит. Потом вдруг останавливается, хлопает себя рукой по лбу и говорит). Ааа-а! Вот это я ловко придумал! Вертунов! Вы хотите выступить?

Вертунов . Очень бы хотелось выступить-то!

Директор . Сейчас! Обождите минутку! (Подходит к факиру). Гражданин факир Хариндрона'та Пиронгроха'та Чери'нгромбо'м бом ха'та, скажите мне, пожалуйста, вот если этого вот человека, вон, Вертунова, сунуть в ящик, он тоже граха'?

Факир . Граха'!

Директор . Вот это здорово! Наконец-то я от него избавлюсь! Ура! Вертунов! Идите скорее сюда! (В публику). Волшебное исчезновение Вертунова! (Вертунову). Полезайте в ящик!

Вертунов . Зачем же в ящик?

Директор . Ну скорее, скорее!

Факир (подталкивает Вертунова и начинает говорить заклинание). Гырабам Дырабам Ширабам Дундири! Гырабам Дырабам Ширабам Пундири!

Вертунов . Зачем в ящик! Не хочу в ящик! Пустите!

Факир закрывает за Вертуновым крышку и еще раз произносит заклинание. Сначала из ящика слышны крики Вертунова «Пустите! Не хочу! Ой, спасите!» Но когда факир произносит: «Граха'! граха', граха'!» крики смолкают. Факир открывает ящик. Ящик пустой.

Факир . Граха'!

Директор . Граха'! Исчез! Вертунов граха'! Исчез Вертунов! Ура-а-а!

Конец первого действия

Второе отделение

Директор . Ну вот, начинаем наше второе отделение. Вертунова больше нет, и никто не будет нам мешать. Смотрите! Вы видите на арене стеклянный аквариум. Так вот, артисты наденут водолазные костюмы, спустятся в аквариум и будут под водой проделывать свои номера. Это очень опасно: аквариум может разбиться, и тогда вода зальет весь цирк. Но Вертунова нет, нам никто мешать не будет, и потому все пройдет благополучно! Сейчас выступит канатная балерина Арабелла Мулен-Пулен. Музыка. (Увидя ящик). Вот безобразие! Не убрали ящика! Иван Иванович! (На сцену выбегает клоун). Этот ящик надо убрать. (Директор уходит).

Клоун подходит к ящику и пробует его сдвинуть с места. Но ящик с места не двигается.

Клоун . Ой-ой-ой! Какой тяжелый ящик! Ваня Крюкшин, пойди-ка сюда!

Выходит Ваня Крюкшин.

Клоун . Ну-ка, помоги мне сдвинуть этот ящик.
Ваня . Сейчас.

Оба пробуют сдвинуть ящик, но ящик не двигается.

Ваня . Почему же он такой тяжелый!
Клоун . Знаешь что? Давай откроем ящик и посмотрим, что там внутри.
Ваня . Правильно! Давай откроем!

Открывают ящик. Ящик пустой.

Ваня . Вот так штука! Пустой, а такой тяжелый!

Закрывают ящик. В ящике стук.

Клоун . Что это?
Ваня . Что это?
Голос из ящика . О! Выньте меня из ящика!

Клоун и Ваня отбегают в сторону.

Клоун . Кто там?
Голос из ящика . Это я! Вертунов!
Клоун . Где же ты?
Вертунов . В ящике!

Клоун и Ваня смотрят в ящик.

Клоун . Ты видишь Вертунова?
Ваня . Нет.
Клоун . И я не вижу!
Голос . Ой, спасите! Ой, помогите!

Дно ящика выламывается и оттуда выглядывает голова Вертунова.

Ваня . Вот так штука!
Клоун . Как же это так?

Вертунов . Ой! Да меня тут какой-то факир, что ли, в этот ящик посадил. А в ящике-то два дна. Я под второе-то дно и провалился. А потом меня что-то сверху прижало, и оказался я в темноте. Я слышал, как тут говорили, что будто я куда-то пропал, а никуда я не пропал! Все время тут и сидел! Ой! А теперь мне руки и ноги свело, и спина даже болит! Ой! Помогите мне вылезти из ящика!

Клоун . Сейчас, сейчас! (Тянет Вертунова из ящика). Ваня Крюкшин! Помоги мне!

Тянут вдвоем Вертунова.

Вертунов . Ой, больно! Ой-ой-ой-ой!

Клоун . Ничего, ничего! Потерпи немного! Сейчас мы тебя вытянем!

Тянут Вертунова. У него вытягивается шея, руки и ноги. Наконец Вертунов вылезает из ящика и становится на пол.

Клоун и Ваня . Ай-ай-ай! Что это с ним?

Вертунов . Что же это со мной? А? Что вы со мной сделали?

Клоун . Да мы вас вытаскивали из ящика и немножко растянули.

Вертунов . Немножко растянули! Я вам покажу, как меня растягивать! Куда же я таким покажусь? Какой я был раньше красивый! А теперь на кого же я похож?

Клоун . Успокойтесь, товарищ Вертунов! Вы вовсе уж не такой смешной, как вы думаете. Посмотрите на себя в зеркало.

Вертунов . Где у вас тут зеркало?

Клоун . А вот посмотритесь в аквариум.

Вертунов смотрится в аквариум.

Вертунов . Что! Это я такой! Нет! Нет, нет? Это зеркало врет! Это зеркало врет! Врет! врет!

Вертунов разбивает аквариум. Звон разбитого стекла. На сцену течет вода. Играет музыка.

Вертунов . Караул! Вода!
Ваня . Вода! Вода!
Клоун . Аквариум разбился! Спасайтесь!
Вертунов . Вода! Караул! Тонем! Спасите!

Затопление цирка. Сцена затоплена водой. Выплывает директор.

Директор . Брр. Брр. Пуф. Пуф. Вот так история! Этот Вертунов (чтоб ему пусто было!) появился, говорят, опять и разбил аквариум. Пуф. Пуф. Цирк залило водой.

Выплывает дрессировщица Зоя Гром.

Зоя . Ах, ах! Что такое случилось! Я, кажется, под водой!
Директор . Да. Вертунов (чтоб ему пусто было!) разбил, говорят, аквариум, и вода залила весь цирк.
Зоя . Ах, какой ужас. (Уплывает).
Директор . А мы не успели надеть водолазные костюмы!

Выплывает факир.

Факир . Директор! Директор!
Директор . А! Это вы, факир Хариндрона'та Пиронгроха'та Чери'нгромбо'м бом ха'та!
Факир . Какой я факир! Какой я бом бом ха'та! Где моя змея!
Директор . Как же это, вы индус и вдруг по-русски говорите?
Факир . Какой я индус! Не индус я! Да не в этом дело! Где моя змея? Ведь если она вырвется из ящика, она всех съест! Где моя змея? (Уплывает).
Директор . С одной стороны вода, с другой стороны змея. Что делать?

Выплывает Лепехин верхом на лошади.

Лепехин . Тпр... Нноо! Тпр... Говорят тебе тпрр! Эй! Что такое случилось?
Директор . Мы все утонули!
Лепехин . Что?... Тпрр!.. Что такое?... Тпрр, говорят тебе! Тпр! (Лошадь уносит Лепехина).
Директор . Значит, я утонул. Но тогда, значит, я умер!

Выплывает Силач кверху ногами.

Силач . Объясните мне, что это значит?
Директор . Это значит, что мы все утонули и умерли.
Силач . Ничего не понимаю! (Уплывает).
Директор . Я тоже ничего не понимаю! Если я умер, то я не могу двигаться. А ну-ка пошевелю рукой. Шевелится! Ну-ка, пошевелю ногой! Тоже шевелится! Ура! Значит, я жив!.. Но как же так?... Аааа! Начинаю понимать. Ура! Все понял! Мы находимся под водой, но от воды с нами ничего не делается, потому что мы деревянные!

Выплывает балерина.

Балерина . Ах! Ах! Ах! Ах! Я, кажется, утонула!
Директор . Да, мы все утонули, но так как мы деревянные, то с нами от воды ничего не делается.
Балерина . Фу, какие вы глупости говорите! Нет! Нет! Нет! Какая же я деревянная, если я такая красивая!
Директор . А вот голова моя тоже деревянная, а очень, очень умная!
Балерина . Ах! Смотрите! Что это такое плывет сюда?
Директор . Где? Это? Ой-ой-ой-ой-ой! Спасайся, кто может! Это индусская змея! Она вырвалась из ящика, и теперь она нас всех съест!
Балерина . Змея! Спасите! Спасите!

Балерина и директор убегают налево. Справа на сцену выплывает, шипя и извиваясь, змея. Потом уплывает налево. Справа выбегает факир.

Факир . Где моя змея? Где змея? Не видали вы мою змею? Где моя змея?

Факир убегает налево. Справа на ящике верхом выплывает Вертунов.

Вертунов . Где этот халдей, или факир, или как его там! Попадись он только мне! Я его самого в ящик засажу! Ведь какой я был раньше красивый! А теперь на что я стал похож? Ну что это за ноги? Тпфу! Смотреть на них не могу! А рука? Тпфу! Еще хуже, чем нога! Ооооо! Попадись мне только этот факир! (Уплывает налево).

Справа выплывает змея, извиваясь проплывает через всю сцену и уплывает налево. Справа выходит директор с ломом в руках.

Директор . Хоть голова у меня и деревянная, а очень, очень умная! Я выдумал, как освободиться от воды и от змеи! Вот этим ломом я пробью в полу дырку, и вода через эту дырку вытечет в подвал. А потом я этим ломом убью змею! Вот как я ловко придумал своей деревянной головой! Ну-с, начинаю. (Стучит ломом по полу). Раз… два… три… четыре… пять… Ура! Вода пошла в подвал! Ну теперь пойду искать змею!

Выплывает Вертунов.

Вертунов . Где этот факир? Попадись мне этот факир!

На сцену выплывает змея.

Вертунов . Ой! Что это? Никак змея! Ой, спасите! Ой-ой-ой-ой-ой! (Змея хватает Вертунова и уплывает с ним наверх).

Играет музыка.
Сцена: «Спуск воды».
Музыка.

Сцена пуста. На сцену выбегает факир.

Факир . Где моя змея! Где моя змея?

Сверху слышен страшный крик, и на сцену падает Вертунов, обвитый змеей.

Факир . Вот она! Вот она! (Играет на дудочке. Змея оставляет Вертунова. Факир продолжает играть на дудочке, и змея заползает в ящик. Вертунов встает, расправляется и подходит к факиру).

Вертунов . А! Вот ты где!

Факир . Что вам угодно?

Вертунов . Ты факир?

Факир . Да, я факир!

Вертунов . Это твой ящик?

Факир . Да, это мой ящик.

Вертунов . А! Вот тебя-то мне и нужно! Это ты меня в этот ящик посадил?

Факир . Я по-русски не понимаю.

Вертунов . Нет, это, брат, врешь! Только что по-русски говорил, а сейчас вдруг сразу и не понимаю! Полезай в ящик!

Факир . Ой, я не виноват!

Вертунов . А кто же виноват?

Факир . Это директор велел мне вас в ящик посадить.

Вертунов . Врешь?

Факир . Честное слово.

Вертунов . Хм... Пойду поймаю директора. (Уходит).

Факир . Пока Вертунов ищет директора, удеру-ка я домой! (Хватает ящик и хочет убежать, но сталкивается с директором).

Директор . Куда это вы спешите?

Факир . Да вот поймал змею в ящик и спешу ее поскорее домой отнести.

Директор . А змея уже в ящике?

Факир . Ну да, она чуть Вертунова не задушила.

Директор . Как Вертунова?

Факир . Ну да, она обвилась вокруг Вертунова и чуть-

чуть его не задушила. Но я ее дудочкой в ящик заманил и Вертунова спас.

Директор . Да зачем же вы Вертунова спасли! Значит, он опять тут!

Факир . Тут, тут и вас разыскивает.

Директор . Вертунов опять тут! Опять будет нам мешать! Да подайте мне Вертунова! Я его в бараний рог изогну!

Факир с ящиком уходит. На сцену выбегает Вертунов.

Вертунов (увидя директора). А, вот вы где!

Директор, увидя Вертунова, вскакивает и падает на пол.

Вертунов . Товарищ директор! Товарищ директор!

Директор молчит.

Вертунов . Что это с ним?

Директор (приподнимая голову). Это вы Вертунов?

Вертунов . Вот то-то и оно-то! Теперь меня и узнать нельзя! А все это из-за вас! Запихали меня в ящик! Я там чуть не задохнулся! А потом меня ваши клоуны вытаскивали из ящика и вон как вытянули! Ну, на кого я стал теперь похож! А какой я был раньше красивый!

Директор . Да ведь вы теперь в тысячу раз интереснее стали! Ведь вы теперь стали великаном. Вы теперь перед публикой выступать можете! Хотите выступить?

Вертунов . Знаем, как это выступить! Вы меня опять в ящик посадите!

Директор . Да нет же! Теперь вы можете выступить по-настоящему. Выступите, пожалуйста!

Вертунов . Не хочу!

Директор . Ну, пожалуйста! Я прошу вас! Выступите!

Вертунов . Ой, не знаю. Надо подумать.

Директор . Вот хорошо. Пойдите, подумайте, а потом

и выступите.

Вертунов . Ну хорошо, я пойду подумаю! (Уходит).

Директор . Вот ведь чудеса. Какой был плюгавенький, а теперь какой интересный стал. Обязательно упрошу его, чтобы он выступил. А сейчас выступит...

К цирку Шардам[1]
вставные номера

Директор : Жила была Эстер Бубушвили. И вот села она однажды на верблюда и поехала через пустыню в гости к своей тёте. (Выезжает Эстер на верблюде). Солнце палит. Вокруг песок. Дует горячий ветер. Дует горячий ветер. Вокруг песок. А солнце палит. Эстер Бубушвили смотрит направо, смотрит налево. Ей хочется пить. Запас воды кончился. Вокруг песок. Воды нигде нет. Ай ай ай!

Клоун : Ай ай ай!

Др. Клоун : Воды нигде нет! ай ай ай!

Кл. : Так хочется пить!

Др. : Так хочется пить!

Кл. : А знаете что?

Др. : Что?

Кл. : Я принесу ей воды!

Др. : Вот это хорошо! (Клоун убегает).

Др. : Сейчас! Подождите немного. Вам сейчас принесут воды. Да подождите же! Сейчас вам принесут воды. (Прибегает клоун с водой).

Др. : Ну вот выпейте воды. (Кл. и Др. поят Эстер и верблюда).

Эстер садится на верблюда, раскланивается и уезжает.

Др. : Пустыня! Солнце! Песок! Горячий ветер! Эстер Бубушвили едет в гости к своей тёте.

---

1 Дополнительным свидетельством об общем замысле пьесы может служить следующий фрагмент текста (автограф), имеющий авторское заглавие.

"Было лето. Светило солнце..."

Было лето. Светило солнце. Было очень жарко. В саду висел гамак. А в гамаке сидел маленький мальчик по имени Платон.

Платон сидел в гамаке, качался и щурил на солнце глаза.

Вдруг из-за куста сирени что-то выглянуло и опять спряталось.

Платон хотел вскочить и посмотреть, что это такое, но вылезти из гамака было трудно. Гамак качался и приятно поскрипывал, вокруг летали бабочки и жужжали пчёлы, было слышно, как в доме шумит примус, и Платон продолжал лежать в гамаке и качаться.

Из-за куста сирени опять что-то выглянуло и спряталось.

— Должно быть, это наша кошка Женька, — подумал Платон.

Действительно, из-за куста вышла кошка, но только это была не Женька. Женька была серая с белыми пятнами, а эта была вся серая, без пятен.

— Откуда у нас такая кошка? — подумал Платон. И вдруг увидел, что кошка была в очках. Мало того, во рту кошка держала маленькую трубочку и курила.

Платон, вытараща глаза, смотрел на кошку. А кошка, увидя Платона, подошла к нему, вынула изо рта трубочку и сказала:

— Простите пожалуйста! Вы не знаете, где тут живет Платон?

— Это я, — сказал Платон.

— Ах, это вы? — сказала кошка. — В таком случае пойдёмте со мной вот за этот куст, там вас поджидает одна особа.

Платон вылез из гамака и пошёл за кошкой. За кустом на одной ноге стояла цапля. Увидя Платона, она хлопнула крыльями, мотнула головой и щёлкнула клювом.

— Здравствуйте! — сказала цапля и протянула Платону ногу.

Платон хотел пожать её ногу и протянул для этого

руку.

— Не смейте этого делать! — сказала кошка. — Рукопожатия отменены! Если хотите здороваться, здоровайтесь ногами!

Платон протянул ногу и коснулся своей ногой ноги цапли.

— Ну вот, вы уже и поздоровались! — сказала кошка.

— Трагдра Поретимте! — сказала цапля.

— Да, тогда полетимте! — сказала кошка и вспрыгнула цапле на спину,

— Куда полетим? — спросил Платон. Но цапля уже схватила его клювом за шиворот и начала подниматься на воздух.

— Пустите меня! — крикнул Платон.

— Вы говорите глупости! — сказала кошка, сидя на спине у цапли. — Если мы вас выпустим, вы упадете и расшибетесь.

Платон взглянул вниз и увидал под собой крышу своего дома.

— Куда мы летим? — спросил Платон.

— Туда, — сказала кошка и махнула своими лапками в разные стороны.

Платон посмотрел вниз и увидел внизу сады, улицы и маленькие домики.

На площади стояло несколько человек и, приложив руки козырьками к глазам, смотрели наверх.

— Спасите меня! — закричал Платон.

— Марчать! — крикнула цапля, широко раскрыв клюв.

Платон почувствовал, как у него в груди что-то сжалось, в ушах сильно засвистело, и площадь с маленькими людьми начала быстро увеличиваться.

— Он падает! Лови его! — услыхал Платон над собой голос кошки.

...

1930-е

"Был Володя на ёлке..."

Был Володя на ёлке. Все дети плясали, а Володя был такой маленький, что ещё даже и ходить-то не умел.

Посадили Володю в креслице.

Вот Володя увидел ружье: «Дай! Дай!» — кричит. А что «дай», сказать не может, потому что он такой маленький, что говорить-то ещё не умеет.

А Володе всё хочется: аэроплана хочется, автомобиля хочется, зелёного крокодила хочется. Всего хочется!

«Дай! Дай!» — кричит Володя.

Дали Володе погремушку.

Взял Володя погремушку и успокоился.

Все дети пляшут вокруг ёлки, а Володя сидит в креслице и погремушкой звенит. Очень Володе погремушка понравилась!

Середина 1930-х

"В пионер-лагере живут два приятеля..."

В пионер-лагере живут два приятеля Коля Кокин и Ваня Мокин. Коля Кокин сильный, здоровый и бодрый, лучший физкультурник лагеря. Ваня слабый и хилый, не любит физкультуры. В целом ряде случаев Ваня Мокин попадает в смешные и глупые положения из-за своей слабости и неловкости. Ваня ленив; он хотел бы стать сильным сразу.

Благодаря одному научному, фантастическому изобретению Ваня становится необычайно сильным. Падающая ему на голову балка разбивается вдребезги без ущерба для него. Он может рукой остановить поезд и т. д.

Неожиданно, когда он вызывает своего приятеля Колю на борьбу, — эта сила кончается.

Но теперь Ваня, узнав ощущение сильного человека, начинает заниматься физкультурой.

Середина 1930-х

"Меня спросили, как устроен автомобиль..."

Меня спросили, как устроен автомобиль.

— Не знаю, — сказал я.

— Нет, всё-таки расскажите, как он устроен, — пристали ко мне.

— Не знаю, — сказал я, — отстаньте.

И действительно я совершенно не знаю, как устроен автомобиль.

Однако, меня в покое не оставили.

Однажды я гулял в Летнем Саду.

Вдруг ко мне подошёл мальчик и сказал:

— Дяденька, пойдёмте вот сюда, я вам тут покажу.

Я пошёл за мальчиком. А мальчик подвёл меня к скамеечке, на которой сидело четыре здоровенных парня. Один из них показал мне кулак и сказал:

— Ну, рассказывай, как устроен автомобиль. А не то во!

Но я быстро убежал.

Вечером я собирался ложиться спать. Я подошёл к кровати и вдруг увидел, что под одеялом уже кто-то лежит. Я хотел закричать, но из-под одеяла выпрыгнул человек в коричневом пиджаке и с папироской в зубах.

— Я есть водопроводчик, — крикнул этот человек, — рассказывай, как устроен автомобиль!

Но я убежал и спрятался в кухне под стол.

На другой день всё было спокойно.

Но 1-го марта, как сейчас помню, я брал ванну. А ванна, надо сказать, у меня маленькая, железная и, чтобы вылить из неё воду, надо её просто опрокинуть.

Так вот вымылся я в ванне и опрокинул её, чтобы вылить воду. А из ванны вдруг вывалился человек.

Я с испуга чуть-чуть не съел мыло.

— Кто вы такой? — спросил я дрожащим голосом.

— Я наборщик, — сказал человек. — Нельзя вместе с водой из ванны выплёскивать наборщика. Но это всё к делу не относится. Я желаю знать, как устроен автомобиль.

С этими словами наборщик схватил меня за шиворот.

— Видите ли, — сказал я, — автомобиль устроен

таким образом, что двигается при помощи двигателя.

— Знаю, — сказал наборщик. — А что же дальше?

— Главные части двигателя суть: карбюратор, цилиндры, магнето и коленчатый вал, — сказал я.

— Ничего не понял, — сказал наборщик.

— А я-то чем виноват, — сказал я.

Наборщик достал из кармана кусок бумаги и карандаш.

— Вот, — сказал он, — нарисуйте мне, как всё это выглядит.

— Хм, — сказал я и нарисовал.

— Так вот, — сказал я, — цилиндр закрыт со всех сторон, но наверху есть трубочка, по которой идёт в цилиндр смесь.

— А почему она туда идёт? — спросил наборщик.

— А потому, что её туда тянут или, как говорится, всасывают. В цилиндре сделан поршень, как в насосе. Вот. Если поршень потянуть вниз, то поршень высосет из трубочки смесь.

— А почему? — спросил наборщик.

— Ну уж это вы, батенька, узнайте, как насос действует, тогда и это поймёте.

— Ну, хорошо, хорошо, понимаю, — сказал наборщик. — А дальше что?

— А дальше, когда поршень дойдёт до самого низу, трубочка наверху закроется. Значит, что же у нас получилось? Поршень внизу, трубочка, по которой вошла смесь, закрыта и цилиндр полон смеси. Вот.

Теперь давайте толкать поршень наверх. Поршень начнёт выталкивать смесь обратно. Но трубочка закрыта и смеси некуда уйти. Остается смеси только сжаться. И вот поршень поднимается наверх и сжимает смесь. Когда поршень дошёл почти до самого верха и сжал смесь, — смесь взрывается.

— А почему? — спросил наборщик.

— А потому, что её подожгли электрической искрой. Дело в том, что на крышке цилиндра вставлена фарфоровая пробка, а сквозь неё проходит электрический провод и кончики провода торчат в цилиндре. Если по проводу пустить электрический ток, то между кончиками провода в цилиндре проскачет искра. Эта искра и взорвёт смесь. Фарфоровая пробка называется свеча и помещается на цилиндре так:

Наборщик посмотрел на чертёж.

— Понимаю, — сказал он. — Дальше.

— Дальше, — сказал я, — вот что. Смесь взрывается. Ей становится мало места. Она хочет разорвать цилиндр. Но стенки цилиндра очень прочные и не разрываются и только поршень летит вниз. И места для смеси становится больше. Теперь, когда поршень опять внизу, на крышке цилиндра открывается другая трубочка. Если теперь толкать поршень наверх, то он выгонит всю смесь в эту вторую трубочку. Вот я нарисовал цилиндр.

— Это не цилиндр, а квадрат, — сказал наборщик.

— Тьпфу ты, — плюнул я.

— А вы не плюйтесь, — заметил наборщик.

— Фу ты, — сказал я. — Это не квадрат, а чертёж цилиндра. Вот я вам нарисую чертёж.

— Ну вот, это карбюратор, — сказал я. Тут смешивают бензин с воздухом.

— А зачем? — спросил наборщик, нахмурив брови.

— Ну как бы вам это сказать, — сказал я. — Автомобильный двигатель работает тем, что сгорает бензин.

— Ну! — мрачно сказал наборщик.

— Ну так вот, чтобы бензин лучше сгорал, его смешивают с воздухом. Ведь вы знаете, что без воздуха ничего не горит, а чтобы хорошо горело, надо побольше воздуха.

— Так, понятно, — сказал наборщик, закуривая трубку.

— Ну так вот, карбюратор и сделан для того, чтобы смешивать бензин с воздухом, — сказал я.

— А как же это делается? — спросил наборщик.

— А вот как: бензин из первого сосуда, по тоненькой трубочке, идёт во второй сосуд, открытый снизу. Тут бензин разбрасывается фонтаном вверх и по трубе бежит в цилиндры. Но так как второй сосуд снизу открыт, то бензин засасывает за собой воздух и по дороге в цилиндры смешивается с воздухом. И то, что попадает в цилиндры, называется не бензином, а «смесью».

— Так, понятно, — сказал наборщик, — но что это за цилиндры?

— Цилиндры, — сказал я, — это сосуды с толстыми стенками, в них быстро сгорает смесь или даже, вернее, не сгорает, а взрывается.

...

Середина 1930-х

"Однажды Коля и Нина..."

Однажды Коля и Нина играли в снежки.

— Вот, — сказал Коля, — ты, Нина, будешь крепостью, а я буду пушкой, и буду снежками в тебя стрелять.

— Хорошо, — сказала Нина, — но что же я буду делать?

— А ты, — сказал Коля, — будешь стоять на одном месте. Ведь ты крепость, а крепости не двигаются.

— Ерунда, — сказала Нина, — теперь нет больше крепостей. Я лучше буду танком, а ты будешь неприятельским маяком и я буду стрелять в тебя снежками.

— Нет, — сказал Коля, —...

Середина 1930-х

"Купил я как-то карандаш..."

Купил я как-то карандаш, пришёл домой и сел рисовать. Только хотел домик нарисовать, вдруг меня тётя Саша зовёт. Я положил карандаш и пошёл к тёте Саше.

— Ты меня звала? — спросил я тётю.

— Да, — сказала тётя. — Вон смотри на стенке, таракан это или паук?

— По-моему, это таракан, — сказал я и хотел уйти.

— Да что ты! — крикнула тётя Саша. — Убей же его!

— Ладно, — сказал я и полез на стул.

— Ты возьми вот старую газету, — говорила мне тётя. — Поймай его газетой и в ванную под кран.

Я взял газету и потянулся к таракану. Но вдруг таракан щёлкнул и перепрыгнул на потолок.

— И-и-и-и-и-и! — завизжала тётя Саша и выбежала из комнаты.

Я и сам испугался. Я стоял на стуле и смотрел на чёрную точку на потолке. Чёрная точка медленно ползла к окну.

— Боря, ты поймал? Что же это такое? — спросила тётя из-за двери взволнованным голосом.

Тут я почему-то повернул голову и в ту же секунду соскочил со стула и отбежал на середину комнаты. На стене около того места, где я только что стоял, сидело ещё одно такое же непонятное насекомое, но больших размеров, длинной в полторы спички. Оно глядело на меня двумя чёрными глазками и шевелило маленьким ротиком, похожим на цветок.

— Боря, что с тобой!? — кричала из коридора тётя.

— Тут ещё одно! — крикнул я. Насекомое смотрело на меня и дышало как воробей.

— Фу, какая гадость, — подумал я. Меня даже всего передёрнуло.

А что, если оно ядовитое? Я не выдержал и с криком кинулся к двери. Едва я запахнул дверь за собой, как в неё изнутри что-то с силой ударило.

— Вот оно, — сказал я, переводя дух. Тётушка уже бежала из квартиры.

— Я к себе в квартиру больше не войду! Не войду! Пусть делают, что хотят, но в квартиру я не войду! — кричала тётушка на лестнице собравшимся жильцам нашего дома.

— Да вы скажите, Александра Михайловна, что же это было? — спрашивал Сергей Иванович из 53-го номера.

— Не знаю, не знаю, не знаю! — кричала тётушка. Только так в дверь ударило, что пол и потолок затрясся.

— Это скорпион. У нас их на юге сколько угодно, —

сказала жена адвоката со второго этажа.

— Да, но в квартиру я не пойду! — повторила тётя Саша.

— Гражданка! — крикнул человек в фиолетовых штанах, перегнувшись с верхней площадки. — Мы не обязаны ловить скорпионов в чужой квартире. Ступайте к управдому.

— Верно, к управдому! — обрадовалась жена адвоката.

Тётя Саша отправилась к управдому.

Сергей Иванович из 53-го номера сказал, уходя к себе в квартиру:

— Однако, это не скорпион. Во-первых, откуда здесь быть скорпиону, а во-вторых, скорпионы не прыгают.

...

Середина 1930-х

"Вот однажды один человек..."

Вот однажды один человек по фамилии Петров надел валенки и пошёл покупать картошку. А за ним следом наш художник Трёхкапейкин пошёл.

Идёт художник за Петровым и его ноги на бумажку зарисовывает.

Вот Петров по улице идёт и на собак смотрит.

Вот Петров бегом к трамвайной остановке бежит.

А вот Петров в трамвае на скамейке сидит. А вот он из трамвая вылез и даже танцевать начал. «Эх, — кричит, — хорошо прокатился!»

А вот он купил картошку и понёс её домой. Шёл шёл и вдруг упал. Хорошо ещё, что картошку не рассыпал!

Вот Петров стоит и художнику Трёхкапейкину говорит: «Я, — говорит, — картошку больше капусты люблю. Я её с подсолнечным маслом ем».

Середина 1930-х

"Вот, Леночка, — сказала тётя..."

— Вот, Леночка, — сказала тётя, — я ухожу, а ты оставайся дома и будь умницей: не таскай кошку за хвост, не насыпай в столовые часы манной крупы, не качайся на лампе и не пей химических чернил. Хорошо?

— Хорошо, — сказала Леночка, беря в руки большие ножницы.

— Ну вот, — сказала тётя, — я приду часа через два и принесу тебе мятных конфет. Хочешь мятных конфет?

— Хочу, — сказала Леночка, держа в одной руке большие ножницы, а в другую руку беря со стола салфетку.

— Ну, до свидания, Леночка, — сказала тётя и ушла.

— До свиданья! До свиданья! — запела Леночка, рассматривая салфетку. Тётя уже ушла, а Леночка всё продолжала петь.

— До свиданья! До свиданья! — пела Леночка — До свиданья, тётя! До свиданья, четырёхугольная салфетка!

С этими словами Леночка заработала ножницами.

— А теперь, а теперь, — запела Леночка, — салфетка стала круглой! А теперь — полукруглой! А теперь стала маленькой! Была одна салфетка, а теперь стало много маленьких салфеток!

Леночка посмотрела на скатерть.

— Вот и скатерть тоже одна! — запела Леночка. — А вот сейчас их будет две! Теперь стало две скатерти! А теперь три! Одна большая и две поменьше! А вот стол всего один!

Леночка сбегала на кухню и принесла топор.

— Сейчас из одного стола мы сделаем два! — запела Леночка и ударила топором по столу.

Но сколько Леночка ни трудилась, ей удалось только отколоть от стола несколько щепок.

Середина 1930-х

"Володя сидел за столом и рисовал..."

Володя сидел за столом и рисовал.

Нарисовал Володя домик, в окне домика нарисовал человечка с черной бородой, рядом с домиком нарисовал дерево, а вдали нарисовал поле и лес. А потом нарисовал около домика кустик и стал думать, что бы ещё нарисовать. Думал, думал и зевнул. А потом зевнул ещё раз и решил нарисовать под кустиком зайца.

Взял Володя карандаш и нарисовал зайца.

Заяц получился очень красивый, с длинными ушами и маленьким пушистым хвостиком.

— Эй-ей-ей! — закричал вдруг из окна домика человечек с чёрной бородой. — Откуда тут заяц? Ну-ка я его сейчас застрелю из ружья!

Дверь в домике открылась и на крыльцо выбежал человечек с ружьём в руках.

— Не смейте стрелять в моего зайца! — крикнул Володя.

Заяц пошевелил ушами, дрыгнул хвостиком и поскакал в лес.

«Бах!» — выстрелил из ружья человечек с чёрной бородой.

Заяц поскакал ещё быстрее и скрылся в лесу.

— Промахнулся! — крикнул человечек с чёрной бородой и бросил ружьё на землю.

— Я очень рад, что вы промахнулись, — сказал Володя.

— Нет! — закричал человечек с чёрной бородой. — Я, Карл Иванович Шустерлинг, хотел застрелить зайца и промахнулся! Но я его застрелю! Уж я его застрелю!

Карл Иванович схватил ружьё и побежал к лесу.

— Подождите! — крикнул Володя.

— Нет, нет, нет! Уж я его застрелю! — кричал Карл Иванович.

Володя побежал за Карлом Ивановичем.

— Карл Иванович! Карл Иванович! — кричал Володя. Но Карл Иванович, ничего не слушая, бежал дальше.

Так очи добежали до леса. Карл Иванович остановился и зарядил ружьё.

— Ну, — сказал Карл Иванович, — теперь только попадись мне этот заяц! И Карл Иванович вошёл в лес.

Володя шёл за Карлом Ивановичем.

В лесу было темно, прохладно и пахло грибами.

Карл Иванович держал ружьё наготове и заглядывал за каждый кустик.

— Карл Иванович, — говорил Володя. — Пойдемте обратно. Не надо стрелять в зайчика.

— Нет, нет! — говорил Карл Иванович. — Не мешайте мне!

Вдруг из куста выскочил заяц и, увидя Карла Ивановича, подскочил, перевернулся в воздухе и пустился бежать.

— Держи его! — кричал Карл Иванович. Володя бежал за Карлом Ивановичем.

— О-о-о! — кричал Карл Иванович. — Сейчас я его! Раз, два, три!

Чёрная борода Карла Ивановича развевалась в разные стороны. Карл Иванович скакал через кусты, кричал и размахивал руками.

— Пуф! — сказал Карл Иванович, останавливаясь и вытирая рукавом лоб. — Пуф! Как я устал!

Заяц сел на кочку и, подняв ушки, смотрел на Карла Ивановича.

— Ах ты, паршивый заяц! — крикнул Карл Иванович. — Ещё дразнишься!

И Карл Иванович опять погнался за зайцем. Но, пробежав несколько шагов, Карл Иванович остановился и сел на пень.

— Нет, больше не могу, — сказал Карл Иванович.

1936

Фрагменты

1

Человечек посмотрел прямо на Володю и нахмурил брови.

— Кто вы такой? — спросил Володю человечек.

— Я Володя Петушков, ученик 1-го класса, 1-ой

ступени, — сказал Володя.

— А-а-а! — сказал человек с черной бородой, протягивая Володе руку. — Разрешите с вами познакомиться. Зовут меня Карл Иванович Шустерлинг. Вот это мой домик, в котором я живу. Пойдемте ко мне, я вам покажу интересные книжки с картинками.

Володя вошёл в домик. В домике было две комнаты. В комнатах стояли столы и стулья, а на столах

2

— А это мой домик, в котором я живу. Пойдемте ко мне в домик, я покажу вам интересные вещи.

Володя сделал к домику несколько шагов и хотел уже взойти на крылечко, как вдруг земля задрожала, вокруг что-то загудело, подул страшный ветер и через володину голову полетели огромные комки.

— Скорее! Скорее! — закричал Карл Иванович. — Скорее бегите за мной! Начинается землетрясение!

Карл Иванович схватил Володю за руку и побежал с ним в поле. Небо потемнело и покрылось тучами. Из туч блистали яркие молнии и грохотал такой гром, что у Володи заломило в ушах и заныли зубы.

— Куда мы бежим? — крикнул Володя Карлу Ивановичу.

— А-о-а! — прокричал что-то Карл Иванович. Разобрать слов было невозможно, так вокруг звенело, свистело и грохотало.

— Что-о-о? — крикнул Володя.

— И-и-э-э-у-у! — отвечал что-то Карл Иванович, продолжая бежать вперед и таща за собой Володю.

Перо Золотого Орла

Было решено, что как только кончится немецкий урок, все индейцы должны будут собраться в тёмном коридоре за шкапами с физическими приборами. Из коридора нельзя было видеть, что делается за шкапами, и потому индейцы всегда собирались там для обсуждения своих тайных дел. Это место называлось «Ущельем Бобра».

Бледнолицые не имели такого тайного убежища и собирались, где попало, когда в зале, а когда в классе на задних скамейках. (Но зато у Гришки Тулонова, который был бледнолицым, была настоящая подзорная труба). В эту трубу можно было смотреть и хорошо видеть всё, что творится на большом расстоянии. Индейцы предлагали бледнолицым обменять «Ущелье» на подзорную трубу, но Гришка Тулонов отказался. Тогда индейцы объявили войну бледнолицым, чтобы отнять у них подзорную трубу силой. Как раз после немецкого урока индейцы должны были собраться в Ущелье Бобра для военных обсуждений.

Урок подходил уже к концу и напряжение в классе всё росло и росло. Бледнолицые могли первые занять «Ущелье Бобра»; ввиду военного положения это допускалось.

На второй парте сидел вождь каманчей Галлапун, Звериный Прыжок, или, как его звали в школе, Семен Карпенко, готовый каждую минуту вскочить на ноги. Рядом с Галлапуном сидел тоже индеец, великий вождь араукасов Чин-гак-хук. Он делал вид, что списывает с доски немецкие глаголы, а сам писал индейские слова, чтобы употреблять их во время войны. Чин-гак-хук писал:

Ау — война
Кос — племя
Унем — большое
Инам — маленькое
Амик — бобр
Дэш-кво-нэ-ши — стрекоза
Аратоки — вождь
Тамарака — тоже вождь
Пильгедрау — воинственный клич индейцев
Оах — здравствуйте
Уч — да
Мо — орёл
Капек — перо
Кульмегуинка — бледнолицый
Куру — чёрный

— Сколько минут осталось до звонка? — спросил своего соседа Галлапун.

— Восемь с половиной, — отвечал Чин-гак-хук, едва двигая губами и внимательно глядя на доску.

— Ну, значит, сегодня спрашивать не будет, — сказал Галлапун.

«Надо сказать Никитину, чтобы он минуты за две до звонка попросил бы у учителя разрешения выйти из класса и спрятался бы в Ущелье Бобра», — подумал про себя Галлапун и сейчас же написал на кусочке бумажки распоряжение и послал его Никитину по телеграфу.

«Телеграфом» назывались две катушки, прибитые под партами, одна под партой Галлапуна, а другая под партой Никитина. На катушках была натянута нитка с привязанной к ней спичечной коробочкой. Если потянуть за нитку, то коробочка поползёт от одной катушки к другой.

Галлапун положил в коробочку своё распоряжение и потянул за нитку. Коробочка уплыла под парту и подъехала к Никитину. Никитин достал из неё распоряжение Галлапуна и прочёл: «Галлапун, Звериный Прыжок, вождь каманчей, просит Курумиллу за две минуты до конца немецкого плена бежать в „Ущелье Бобра" и охранять его от бледнолицых».

Внизу послания была нарисована трубка мира, тайный знак каманчей.

Курумилла, или как его звали бледнолицые учителя — Никитин, прочёл распоряжение Галлапуна и послал ответ: «Курумилла, Чёрное Золото, исполнит просьбу Галлапуна, Звериного Прыжка».

Галлапун прочёл ответ Никитина и успокоился. Теперь Никитин сделает всё, что требуется от индейского воина, и бледнолицым не удастся занять Ущелья.

— Ну, теперь «Ущелье» наше, — шепнул Чин-гак-хуку Галлапун.

— Да, — сказал Чин-гак-хук, — если только не помешают нам мексиканцы.

— Какие мексиканцы? — удивился Галлапун.

— А вот видишь, — сказал Чин-гак-хук, разворачивая лист бумаги. — Перед тобой план нашей школы, а вот посмотри, — это карта Северной Америки. Я дал каждому классу американские названия. Например, Аляска на карте помещается наверху, в правом углу, а на плане нашей школы там находится класс Д. Потому класс Д я назвал Аляской. Классы А и Б на нашем плане стоят внизу. В Америке тут как раз Мексика. Наш класс — Техас, а класс бледнолицых — Канада. Вот посмотри сюда!

И Чин-гак-хук подвинул к Галлапуну лист бумаги с таким планом:

— Значит, мы техасцы? — спросил Галлапун.

— Конечно! — сказал Чин-гак-хук.

— Перестаньте разговаривать! — крикнул им учитель. Чин-гак-хук уставился на доску.

Вдруг раздался звонок. Шварц и Никитин вскочили со своих мест.

— Урок ещё не кончился! — крикнул учитель. Шварц и Никитин сели.

— По моим часам осталось ещё три минуты до звонка, — сказал Чин-гак-хук.

— Значит, часы твои врут, — сказал Галлапун. — Но как же быть? Ведь бледнолицые могут занять Ущелье.

— К следующему разу выучите NN 14, 15, 16, 17 и 19, — диктовал учитель.

В коридоре уже поднимался шум. В классе Б, верно, уже кончился урок. Сейчас и индейцы освободятся, но вдруг бледнолицые раньше! Здесь важна каждая секунда.

— Ну, теперь в зал! — сказал учитель. Никитина как ветром сдуло. Он вылетел из класса как пуля. Выскочив из дверей, он прямо всем телом налетел на Свистунова. Свистунов был самым сильным бледнолицым. Бледнолицые вышли из класса одновременно с индейцами, и Свистунов бежал в «Ущелье». За Никитиным выбежал из класса Галлапун. Увидев Галлапуна, Свистунов толкнул Никитина и кинулся к «Ущелью».

Но недаром Галлапуна звали Звериным Прыжком. Не успел Свистунов сделать и четырех шагов, как сзади его обхватили сильные руки Галлапуна. Кругом столпились мексиканцы, мальчишки и девчонки, и смотрели на борьбу двух силачей.

— Эй-го-ге! — раздался крик Чин-гак-хука. В то

время, как Галлапун бился с Свистуновым, Чин-гак-хук прибежал в «Ущелье».

— Эй-го-ге! — крикнул Чин-гак-хук. Галлапун оставил Свистунова и присоединился к Чин-гак-хуку. «Ущелье Бобра» осталось за индейцами.

— Скорей, скорей, — торопился Чин-гак-хук, — надо обсудить военные дела до конца перемены. Осталось четыре минуты.

Все индейцы были уже в сборе. Никитин встал охранять вход в Ущелье, а Чин-гак-хук сказал:

— Краснокожие! Нас всех, не считая девчонок, 11 человек. Бледнолицых хоть и больше, но мы храбрее их. У меня есть план войны. Я вам разошлю его по телеграфу. Если вы согласитесь, то мы предложим его бледнолицым, чтобы война шла правильно. Сейчас я предлагаю вам обсудить один вопрос. Мы все время на уроках думаем: как бы бледнолицые не заняли Ущелья. Это мешает нам заниматься. Давайте предложим сейчас бледнолицым, чтобы они не занимали Ущелья без нас. Когда мы тут — пусть нападают. И кто во время звонка к уроку будет в Ущелье, — тому Ущелье и будет принадлежать на следующей перемене.

— Правильно! — в один голос ответили все краснокожие.

— Кто пойдет разговаривать с бледнолицыми? — спросил Пирогов или, как его звали индейцы, — Пиррога, что значит лодка.

— Пусть Чин-гак-хук и идет разговаривать! — кричали индейцы.

— Я согласен, — сказал Чин-гак-хук, — только пусть раньше пойдет кто-нибудь и предупредит бледнолицых.

— Пусть Пиррога и пойдет, — сказал кто-то. — Хорошо, — сказал Чин-гак-хук. — Но у индейцев есть такой обычай, что если человек идёт с миром, то он должен нести с собой трубку мира. У меня есть такая.

Чин-гак-хук достал из кармана маленькую трубочку, должно быть, своего отца. К трубке сургучом были прикреплены куриные перья.

— Ступай в Страну Больших озер и покажи

бледнолицым эту трубку, — сказал Чин-гак-хук Пирроге. — Потом приходи назад и приведи с собой кого-нибудь из бледнолицых. Я поговорю с ним в тёмном коридоре, или как я это называю, — Калифорнии.

Пиррога взял трубку мира и пошёл из Ущелья. Выйдя в коридор, он был окружён толпой любопытных мексиканцев.

— Николай Пирогов Поймай воробьев! — кричали ему мексиканцы. Но Пиррога шёл, гордо закинув голову, как и подобало ходить настоящему индейцу.

В Стране Больших озёр было очень шумно. Рослые жители Аляски носились по залу, ловя друг друга. Тут были и мексиканцы, но мексиканцы народ маленький, хоть и очень подвижный.

В углу Пиррога увидел бледнолицых. Они стояли и о чём-то сговаривались. Пиррога подошёл к ним поближе. Бледнолицые замолчали и уставились на Пиррогу. Пиррога протянул им трубку мира и сказал:

— Оах! — что означало — здравствуйте.

Из толпы бледнолицых вышел Гришка Тулонов.

— Тебе чего нужно? — спросил он Пиррогу и прищурил глаза.

— Чин-гак-хук, вождь араукасов, хочет говорить с тобой, — сказал Пиррога.

— Так пусть приходит, — сказал Гришка Тулонов, — а ты это чего в руках держишь?

— Это трубка мира! — пояснил Пиррога.

— Трубка мира? А этого хошь? — и Тулонов показал Пирроге кулак.

— Пусть кто-нибудь из вас пойдёт переговорить с Чин-гак-хуком — сказал Пиррога, пряча трубку в карман.

— Ладно, я пойду, — сказал Свистунов.

Пиррога шёл впереди, а Свистунов шёл сзади, размахивая руками.

— Ты подожди в Калифорнии, — сказал Свистунову Пиррога, — а я сейчас позову Чин-гак-хука.

При входе в Ущелье Никитин остановил Пиррогу:

— Кто идет? — спросил Никитин.

— Я, — сказал Пиррога.

— Пароль? — спросил Никитин.

— Три яблока, — сказал Пиррога.

— Проходи, — сказал Никитин.

Чин-гак-хук уже ждал Пиррогу. Он сейчас же взял трубку мира и побежал в Калифорнию.

В это время раздался звонок. Пришлось идти в класс.

Индейцы расселись по своим местам, но Чин-гак-хука не было. Сейчас должен начаться урок арифметики.

— Где же Чин-гак-хук? — волновался Галлапун.

— Не подрались ли они? — сказал Пиррога.

— Я пойду посмотрю, — сказал Галлапун и пошел к двери.

Но из класса не вышел, так как по коридору шёл уже учитель. Галлапун сел на своё место. Учитель вошёл в класс и сел за столик.

В это время дверь бесшумно приоткрылась и закрылась. Чин-гак-хук на четвереньках юркнул под парту к Никитину. Учитель повернул голову к двери, но там уже никого не было. Галлапун был в восторге от Чин-гак-хука.

«Вот это индеец так индеец!» — думал он.

Вдруг под партой что-то зашуршало и толкнуло колено Галлапуна. Это была коробочка индейского «телеграфа». В коробочке была записка: «Вождь каманчей Галлапун, урони карандаш и начни его искать. Я подползу. Вождь араукасов Чин-гак-хук».

Учитель начал урок. Он каждую минуту мог заметить отсутствие Чин-гак-хука, а потому Галлапун скорей уронил карандаш и наклонился его поднять.

Минуту спустя Чин-гак-хук сидел уже рядом с Галлапуном.

— Свистунов на всё согласен, — сказал он Галлапуну. — Мы можем быть спокойны, что без нас Ущелье они не займут. Теперь надо нашим разослать мои правила войны.

Чин-гак-хук достал большой лист бумаги и написал:

«Индейцы! Мы объявили войну бледнолицым. Но кто останется победителем? Тот, кто завладеет Ущельем и подзорной трубой? Это поведёт к драке и нас выставят из школы. Я предлагаю другое. В зоологическом саду есть клетка с орлом.

У орла другой раз выпадают перья, и сторожа втыкают их в дверцу клетки с внутренней стороны. Если согнуть проволочку, то можно достать одно перо.

Сегодня мы идём после большой перемены на экскурсию в зоологический сад. Так вот я и предлагаю считать победителем того, кто первый достанет перо орла.

Я уже говорил со Свистуновым и он передаст это бледнолицым. Вождь араукасов Чин-гак-хук».

Чин-гак-хук показал проект войны Галлапуну и опустил его в телеграфную коробочку. Вскоре проект, подписанный всеми индейцами, вернулся к Чин-гак-хуку.

— Все согласны, — сказал Чин-гак-хук и стал внимательно слушать учителя.

— Тр-р-р-р-р-р-р! — зазвенел звонок. Индейцы, не торопясь, записали уроки и вышли из класса. Бледнолицые поджидали их уже в коридоре.

— Эй вы! — кричали бледнолицые, — пора воевать, идите в Ущелье, а мы вас оттуда вышибем!

Галлапун вышел вперёд и низко поклонился.

— Бледнолицые! — сказал он, — Ущелье Бобра достаточно велико, чтобы поместить в себе и нас и вас. Стоит ли драться из-за него, когда оно может принадлежать тому, кто первый выскочит из класса. Я предлагаю другое. Пойдёмте все в Ущелье и обсудим моё предложение.

В Ущелье набралось столько народу, сколько могло туда поместиться.

Вторая пол. 1930-х